Chaosköniginnen · Besser als beste Freundinnen

VALENTINA BRÜNING

CHAOS-KÖNIGINNEN

BESSER ALS BESTE FREUNDINNEN

TULIPAN VERLAG

BESTE FREUNDINNEN

Fritzi sitzt in ihrer Lieblingsjeans und ihrem neuen Sweatshirt auf der Bettkante und wippt kaum merklich mit den Knien auf und ab. Seit Wochen wartet sie nun schon auf diesen Tag. Heute ist es so weit. Um genau zu sein, in drei Minuten – denn dann landet ihre beste Freundin Lou endlich wieder am Flughafen! Heute ist der erste Schultag nach den großen Ferien. Der Wecker auf dem Nachttisch zeigt fünf Uhr siebenunddreißig. Sein leises Ticken hallt in der Stille des Morgens wider. Dann endlich, das erste sachte Vogelgezwitscher. Fritzi blickt zum Fenster hinüber. Gleich wird die aufgehende Sonne ihre ersten Strahlen durch die Vorhänge ins Zimmer werfen und dieser Tag nimmt endlich seinen Anfang!

Die Sehnsucht nach Lou wird von der Vorfreude auf das bevorstehende Wiedersehen abgelöst. Klar, mit der besten Freundin ist man auch verbunden, wenn sie am anderen Ende der Welt ist, aber um ganz ehrlich zu sein: Die letzten sechs Wochen ohne sie waren die reinste Qual für Fritzi. Lou war auf den Kanaren bei ihrer Mutter und Fritzi hatte sich so sehr gewünscht, sie zu begleiten. Aber der Lieblingsspruch ihres Vaters ließ nicht lange auf sich warten: »Wenn man einen Gasthof betreibt, macht man keinen

Urlaub, man bietet Urlaub.« Fritzi selbst betreibt natürlich keinen Gasthof, sondern ihre Eltern.

»Wir brauchen dich hier in der Grünen Gans«, hat ihre Mutter behauptet. Wer es glaubt, wird selig: ein paar Gästebetten aufschütteln und das bisschen Staub saugen ist doch kein Hexenwerk, das nur eine Siebtklässlerin beherrscht! Und bei Frühstück und Mittagstisch hilft ohnehin Sandrine. Sie arbeitet als eine Mischung aus Kellnerin, Köchin und Mitarbeiterin des Monats in der Grünen Gans. Zehn Fritzis könnten nicht so gut helfen wie eine Sandrine. Eigentlich hätten ihre Eltern froh sein müssen, dass nicht Sandrine auf die Kanaren fliegen wollte, sondern nur ihre Tochter!

Der eigentliche Grund, warum sie nicht mitdurfte, heißt Marlene, ist elf Jahre alt und hat nur Blödsinn im Kopf. NUR ist hier absolut wörtlich zu nehmen. Zum Leid aller ist ihre kleine Schwester davon überzeugt, dass genau dieser Blödsinn die Lösung jedermanns Probleme wäre, dabei ist er meist der Anfang allen Übels! Marlene durchstöbert gerne die persönlichen Sachen der Gäste, bedient sich an ihrer Schminke, benutzt ihr Parfum und streut allen, die (ihrer Einschätzung nach) nicht freundlich genug sind, Juckpulver aufs Kopfkissen oder spuckt ihnen heimlich in die Suppe. Ihr ist nichts peinlich oder unangenehm. Wenn es jemand schafft, Marlene (hin und wieder) von Blödsinn abzuhalten, dann ist es Fritzi.

Der Wecker auf dem Nachttisch zeigt fünf Uhr achtunddreißig. Wie langsam kann Zeit eigentlich vergehen? Ob Lou ihr schon eine Nachricht geschrieben hat, dass sie gut gelandet ist? Bei dem Gedanken daran macht Fritzis Herz einen kleinen Hüpfer. Sie wirft einen Blick hinüber zu Marlene, die am anderen Ende des Zimmers im Bett liegt und schläft, dann schiebt sie vorsichtig ihre Decke zurück und steht langsam auf. Ihr Bett gibt ein verächtliches Knarzen von sich. Sie nimmt ihren Schulrucksack vom Stuhl, zieht ihr geliebtes Longboard unter dem Bett hervor und verlässt leise das Zimmer.

Fritzi brennt darauf, Lou von ihrer Entdeckung zu erzählen. Die neue Umgehungsstraße im Wäldchen ist endlich fertig. Wenn man leidenschaftlich gerne Longboard fährt, so wie Fritzi und Lou, ist diese neue Straße ein asphaltierter Traum zwischen Kiefern und Fichten. Bei ihrer ersten Abfahrt wurde Fritzi so schnell, dass ihr ganzer Körper gekribbelt hat. Sie ist tief in die Hocke gegangen. Das Longboard hat unter ihren Füßen vibriert und sie hat einen lauten Freudenschrei losgelassen. Kurz darauf hat es sie total zerrissen. Sie hat das Gleichgewicht verloren und ist mit einem Salto mortale in die nächste Hecke geflogen. Salto mortale nennt ihr Vater solche Stürze, bei denen man sich achtkantig auf die Schnauze legt und nur haarscharf an richtig üblen Verletzungen vorbeischlittert.

Sie kommt in die geräumige Wohnküche. Hier ist bereits das Licht an. »Morgen, Papa.«

»Morgen! So früh schon unterwegs?«

»Jo, kann ich mein Handy?«

»An die Wand klatschen?«

»Nein«, sie verdreht die Augen. »Haben. Bitte.«

Sven öffnet den Schrank und gibt Fritzi ihr Handy. Es dauert immer eine halbe Ewigkeit, bis das alte Ding anspringt.

»Magnus diem parari?«, fragt ihr Vater in geschwollenem Tonfall.

»Magnum was?«

»Magnus diem parari!«, wiederholt er und setzt Teewasser auf.

»Nee danke, ich will kein Eis zum Frühstück.«

»Das ist Latein«, erklärt Sven und drückt ihr einen Stapel Teller in die Hand.

Ein Schlüssel klimpert an der Haustür, eine freundliche Stimme flötet: »Bonjour, tout le monde.«

»Guten Morgen, Sandrine«, antworten Fritzi und ihr Vater im Chor.

Fritzi verteilt die Teller für Familie und Gäste auf dem langen Frühstückstisch. »Was heißt denn jetzt dieses Magnum diem-Dings?«

»Bist du ab heute Lateiner oder ich?«

»Erstens lerne ich das erst und zweitens bin ich dann LateinerIN.«

Sven schüttelt den Kopf. »Ihr mit eurem Gendern.«

»Das nennt sich Weiterentwicklung, Papa. Ist eben nicht mehr alles so männerdominiert, wie als du jung warst.«

»Willst du etwa sagen, ich bin alt?«, fragt er und bemüht sich, richtig empört zu gucken.

»Papa, du bist alt«, gibt Fritzi trocken zurück.

Bevor er noch etwas erwidern kann, betritt Sandrine die Küche. »Et voilà, die Brötschen.« Wie jeden Morgen hat sie einen großen Korb mit frischen Brezeln, Croissants und Brötchen dabei.

»Meine Tochter sagt, ich wäre alt, Sandrine.«

Sandrine stemmt die Hände in die ausladenden Hüften. »Das ist noch höflisch, mein Sohn nennt misch einen alten Schachtel.« Sie schüttelt belustigt den Kopf, Fritzi und Sven lachen mit ihr. »Seien Sie froh, dass Sie haben seulement Mädchen, Monsieur Winter.«

Fritzis Vater winkt ab. »Meine Mädchen machen den ganzen Tag nur Chaos. Fritzi lernt ab heute Latein, was sagen Sie dazu?«

»Oh, là, là, Fritzi, mais pourquoi pas le Français?« Sandrine reicht ihr mit einem enttäuschten Blick eine große Kaffeekanne.

»Hätte ich ja gerne, aber unsere Stufe besteht zu 99,9 Prozent aus Honks, da muss man gucken, mit wem man sich zusammentut.«

»Honks?« Sandrine lüpft fragend die Brauen.

»Ja, Honks, Vollpfosten, Deppen, Kleinhirne, Torfnasen, Schrumpfköpfe.« Fritzi flüstert: »I-d-i-o-ten, verstehst du? Wenn du mit denen in einer Klasse landest, ist Schluss, aus, Ende – Leben vorbei! Deswegen wählen Lou und ich Latein.«

»Aber warum nehmt ihr nicht einfach beide Französisch oder Spanisch?«

»Na, weil das alle machen.«

»Klingt für mich eher schlau als honkig.«

»Alles eine Frage des Blickwinkels, Papa. Es gibt zwei Französisch- und zwei Spanischklassen, gerade weil das alle wählen, aber eben nur eine Lateinklasse, ist so!«

»Das ist so, verstehe.«

»Und wenn es nur eine Lateinklasse gibt, ist klar, dass Lou und ich beide in dieser einen Klasse landen, wenn wir Latein nehmen.«

Fritzi schält Bananen für den Obstsalat.

»Bedauerlich, aber da hat ihre Tochter einen Punkt.«

»Klingt für mich, als würden in Latein die Oberhonks landen.«

»Ach, Papa«, für peinliche Wortschöpfungen ihres Vaters hat Fritzi nur ein müdes Kopfschütteln übrig, »solange Lou und ich zusammen in eine Klasse gehen, ist der Rest doch total egal. Können wir jetzt endlich den Obstsalat fertig machen?«

Sven seufzt resigniert, schnippelt die Bananen in Scheiben und wirft sie in die große blaue Schüssel. So machen sie das jeden Morgen: Fritzi wäscht und schält, Sven schneidet. Bananen, Orangen, Äpfel und Beeren.

Es klopft an der Küchentür. »Juten Morgen, die Herrschaften.«

»Guten Morgen, Herr Jakobi, kommen Sie rein, setzen Sie sich«, antwortet Sven.

Herr Jakobi lässt sich am Kopfende des langen Frühstückstischs nieder und reibt sich die Hände. »Jibt et schon Kaffe?«, fragt er in seinem Berliner Dialekt.

»Aber sischer, für Stammgäste wie Sie, Herr Jakobi, toujours«, flötet Sandrine und kommt mit der Kanne herbeigeeilt.

Fritzi wirft beiläufig einen Blick auf ihr Handy. Lou hat sich noch nicht gemeldet. Komisch eigentlich. Doch sie hat keine Zeit, sich weitere Gedanken darüber zu machen, denn Marlene und ihre Mutter Ulla kommen in die Küche, dicht gefolgt von weiteren Gästen. Geschirr klappert, Stühle werden gerückt, die Leute reden wild durcheinander – alles wie immer in der Grünen Gans.

Als Fritzi wenig später mit ihrem Longboard auf den Schulhof rollt, ist sie voller Vorfreude. In ihrem Bauch kribbelt es wie die Kohlensäure in einer frisch eingeschenkten Cola. Überall fallen sich ihre Mitschüler zur Begrüßung in die Arme und erzählen begeistert von den Sommerferien. Fritzi entdeckt Lous hellblonden Lockenschopf in der Menge. Sie steigt vom Board und bahnt sich einen Weg zu ihr hinüber.

»Lou-ise, huhu, hier bin ich!« Fritzi drückt Lou, so fest sie kann. »Du glaubst gar nicht, wie sehr ich dich vermisst habe!«

»Bist du auch so traurig, dass die Ferien vorbei sind? Ich hab echt gar keinen Bock auf Schule«, stöhnt Lou, lächelt

Fritzi kurz an und lässt dann den Blick über den Schulhof wandern.

»Nee! Ich bin heilfroh, dass du endlich wieder da bist.« Fritzi hakt sich mit ihrem freien Arm bei ihrer besten Freundin unter. »Wie war denn dein Flug? Wie geht es deiner Ma? War es schön?«

Sie lassen sich von einer Schülertraube Richtung Aula treiben. Statt einer Antwort sieht Lou sich schon wieder in der Menge um.

»Meinst du, unser Plan geht auf? Ich hatte heute Morgen kurz Bammel, dass was schiefläuft«, plappert Fritzi munter weiter. »Mein Vater hat mich irgendwie ganz nervös gemacht. Was ist, wenn dieses Jahr ausnahmsweise doch viel mehr Schüler Latein gewählt haben? Dann wäre die Wahrscheinlichkeit, dass wir zusammen in eine Klasse kommen, unterirdisch klein.«

»Niemand wählt freiwillig Latein«, gibt Lou zurück.

»Außer uns«, ergänzt Fritzi strahlend.

»Mhm.«

»Unser Gast, Herr Jakobi, hat mich beim Frühstück gefragt, ob wir viele Streber in der Stufe haben. Wenn ja, sei die Wahrscheinlichkeit höher, dass mehr als eine Lateinklasse entstünde. Aber wenn man sich unseren Jahrgang so ansieht, gibt es insgesamt gerade so zehn, fünfzehn Streber, oder? Jedenfalls nie genug für eine zweite Klasse.«

RUMMS! Ein groß gewachsener Junge mit wilden Wuschelhaaren läuft mit voller Absicht gegen Fritzis Schulter und macht sich nicht einmal die Mühe, sich zu entschuldigen.

»Ey, Torben, kannst du nicht aufpassen?!«, ruft Fritzi ihm hinterher, aber nur seine Gefolgschaft bemerkt es überhaupt. Yessin ist sehr klein und Bo sehr, sehr dünn.

»Hauptsache Tick, Trick und Track haben nicht auch Latein gewählt! Ich bin heilfroh, wenn wir die endlich los sind. Du auch?« Noch ehe Lou antworten kann, sinniert Fritzi bereits weiter: »Nicht zum Aushalten, für wie cool die sich halten. Mit ihren dummen Sneakern, die sehen doch aus, als wären es Socken. Hier guck mal, so laufen die.« Fritzi imitiert den Gang der Jungs und wippt auf ihren Fußballen, als hätte sie Sprungfedern unter den Fersen.

Lou schmunzelt.

»Na endlich, ich dachte schon, du kriegst deine Mundwinkel gar nicht mehr hoch.«

»Ich? Wieso?«, fragt Lou und lächelt unschuldig.

»Na, das frag ich dich. Freust du dich denn gar nicht, wieder zu Hause zu sein?«

»Doch, doch, schon.«

»Wenn ich im Sommerurlaub gewesen wäre, hätte ich bestimmt auch keinen Bock auf Schule. Aber sieh es mal so, jetzt können wir beide endlich wieder abhängen.«

»Yay«, antwortet Lou und übergeht Fritzis aufmunternden Blick. »Guck mal, in der Mitte ist was frei«, sagt sie und schlängelt sich schon durch die Reihe. Fritzi folgt ihr und lässt ihren Blick dabei durch die Aula gleiten. Ein paar Reihen weiter vorne steht Emma, das mädchenhafteste Mädchen der gesamten Stufe, und zieht aufmerksamkeitsheischend ihre Jacke aus. Drunter trägt sie ein weißes, bauchfreies Top, in ihrem Nabel glitzert ein Piercing und ihren Hals ziert eine geflochtene Tattoo-Kette. Emma winkt überschwänglich in ihre Richtung.

»Was ist'n mit der los? Meint die etwa uns?!«, fragt Fritzi irritiert. Zu ihrer Überraschung winkt Lou Emma begeistert zurück. »Was geht denn bei euch?« Fritzis Verblüffung grenzt an Entsetzen.

»Emma war in den Ferien mit ihrer Familie auch auf Teneriffa. Sie kann so gut surfen, das glaubst du nicht!« Lou schickt Emma einen Luftkuss, die wiederum formt ihre Hände zu einem Herz.

Fritzi blickt perplex zwischen den beiden hin und her. »Hört man dabei nicht den Wind durch ihre Ohren pfeifen, so hohl wie die ist?«

»Sei nicht so gemein!«

»Das sagst du doch immer?!«

»Schon lange nicht mehr.«

»Zuletzt vor den Ferien?!«

»Sechs Wochen sind 'ne lange Zeit!«

»Apropos lange Zeit«, erwidert Fritzi in versöhnlichem Tonfall, denn Streit noch vor der ersten Stunde braucht keiner, nicht wegen so einer Bratbirne wie Emma Dörschner. »Die Umgehungsstraße im Wäldchen ist endlich fertig! Ich wette, da schaffen wir fünfzig km/h, wenn nicht sogar sechzig. Einen Teil hab ich schon getestet! Das war der absolute Wahnsinn.«

Lou antwortet nicht.

»Wir können aber natürlich auch zur Baracke und von dort am Freibad vorbei, wenn dir das lieber ist?« Von der alten Holzhütte aus führt ihre Lieblingsstraße am Freibad entlang bergab. Man wird so schnell, dass die Häuser am Straßenrand verschwimmen und einem die Augen tränen. Kurz vor der großen Kreuzung steigt die Straße wieder an. Ist man zu langsam, muss man den Hügel hochlaufen, ist man zu schnell, brettert man entweder in den Verkehr oder in eine pieksige Ligusterhecke. Vor den Ferien waren sie dort jeden Tag und haben geschrien vor Glück, wenn ihr Tempo sie genau bis zum höchsten Punkt des Hügels getragen hat.

Doch jetzt schüttelt Lou kaum merklich den Kopf. »Ich hab mein Longboard verschenkt.«

»Sehr witzig.«

»Mein Cousin wollte es sich eigentlich nur ausleihen über den Sommer, aber ich hab gesagt, er kann es behalten. Macht mir eh keinen Spaß mehr.«

Fritzi klappt der Mund auf.

Lou macht eine abschätzige Geste in Richtung von Fritzis Longboard. »Mich nervt es, das Ding immer mit mir rumzuschleppen, ich finde es irgendwie so kindisch, zu männlich, verstehst du?«

Fritzi schüttelt entgeistert den Kopf. Bevor sie weiter darauf eingehen kann, tritt die Schulleiterin Frau Doktor

Fleck vor und begrüßt die Schüler zum neuen Schuljahr. Dann wendet sie sich an ihren Jahrgang: »Liebe Siebtklässler und Siebtklässlerinnen, ihr alle seid nun Teil der Mittelstufe und habt eine zweite Fremdsprache gewählt. Eure Klassenlehrer rufen jetzt nacheinander ihre Schüler auf. Ihr kommt nach vorne und geht dann gemeinsam in euren neuen Klassenraum.«

Unter normalen Umständen würde Fritzi das Geschehen auf der Bühne voller Spannung verfolgen, aber sie ist mit ihren Gedanken woanders. »Du hast dein Longboard verschenkt? Einfach so?«

Lou wird jeden Augenblick ein »Haha, gepranked!« von sich geben, sie muss, aber sie tut es nicht, sondern starrt immer noch wie gebannt geradeaus. Die Klassen Sieben a, b und c verlassen bereits hintereinander die Aula.

Fritzi redet sich um Kopf und Kragen. »Du könntest dir ein Drahtschloss zulegen, damit kann man das Board einfach an den Fahrradständer anschließen, ich glaub, ich hab noch eins zu Hause.« Lou reagiert gar nicht auf Fritzis Vorschlag, also setzt sie erneut an: »Ich bin sicher, wenn du die neue Strecke erst mal ausprobiert hast, willst du nie wieder was anderes fahren!« Um das Schweigen zu überbrücken, flüstert sie hektisch weiter: »Wir können uns ja heute auch mein Board teilen! Oder wir holen mein altes?«

»Lass mal gut sein.«

»Wie jetzt, lass mal?«

Lou blickt Fritzi resigniert an und sagt: »Zeiten ändern sich, Fritzi, checkst du das?«

Das klingt, als wären Jahre vergangen, dabei waren es doch bloß sechs Wochen Sommerferien.

»Bist du etwa sauer auf mich, weil ich nicht mitgekommen bin? Du weißt doch genau, dass meine Eltern es nicht erlaubt haben!«

Lou schüttelt den Kopf. »Du verstehst es einfach nicht, oder?«

Herr Renneberg tritt nun vor, der Lehrer der zweiten Französischklasse.

»Hä, was verstehe ich denn nicht?«

»Können wir jetzt da zuhören?«

Fritzi verschränkt die Arme vor der Brust. Sie hat immer noch keine Lust auf Streit mit Lou, aber muss sie sich deswegen wirklich alles gefallen lassen heute?! Vielleicht hilft ja ausnahmsweise ein Tipp ihrer Mutter: Atmen.

»Abel, Mandy.« Das Mädchen neben Emma erhebt sich und geht nach vorne.

»Dörschner, Emma«, ertönt Herr Rennebergs Stimme.

Tatsächlich, atmen hilft. »Die Eiscafé-Tussis sind wir schon mal los, ein Glück. Jetzt noch Torben, Yessin und Bo dazu, und wir haben gewonnen«, freut sich Fritzi und versucht, gut Wetter zu machen.

Aber Lou reagiert nicht und als Nächstes wird auch keiner der Jungs genannt, sondern Herr Renneberg ruft: »Müller, Louise.«

Fritzi lacht verwirrt los. »Hä? Was ist denn da schiefgelaufen?!«

»Ich wollte es dir die ganze Zeit schon sagen.« Lou weicht beschämt ihrem Blick aus. »Ich hab doch Französisch gewählt.«

Fritzi starrt sie mit offenem Mund an. Lou steht auf, bahnt sich ihren Weg durch die Sitzreihen zu ihrem neuen Klassenlehrer und Fritzi bleibt allein auf ihrem Stuhl zurück.

Ihr Gesicht ist kreidebleich, die Hände sind schweißnass. Sie steht unter Schock. Auf der Bühne wird ihre beste Freundin von den Eiscafé-Tussis begrüßt, als wäre sie eine von ihnen. Herr Renneberg führt seine Klasse aus der Aula und hinterlässt eine leere Bühne – leer wie Fritzis Kopf, wie der Platz an ihrer Seite, wie das Gefühl in ihrer Magengegend.

Passiert das alles gerade wirklich?!

DER MOLLENHAUER

»Schönchen.« Ein in die Jahre gekommener Lehrer in Pullunder und ausgebeulten Cordhosen steht auf der Bühne und streicht sich die fettigen Haarsträhnen über die Glatze. »Mein Name ist Mollenhauer. Alle Siebtklässler und Siebtklässlerinnen, die jetzt noch übrig sind, bitte mal aufstehen. Sie haben also Latein gewählt und kommen mit mir.« Er winkt den Schülern, ihm zu folgen, und führt sie hinaus auf den Hof und dann hinüber zum Nachbargebäude.

›Das ist alles ein furchtbar schlechter Scherz‹, denkt Fritzi, während sie willenlos hinter den andern her trottet. Nein schlimmer, das ist ein richtiger Albtraum! ›Aber das Gute an Albträumen ist, sie gehen vorbei‹, versucht sie, sich selbst Mut zu machen. Hat nicht neulich ein Gast in der Grünen Gans erzählt, dass so ein Horror nie länger als fünfzehn bis zwanzig Sekunden dauert? Fritzi zählt die Sekunden: »Eins, zwei, drei …«

BATSCH!

Ein spuckfeuchtes Papierkügelchen klebt an ihrer Wange. Sie wischt es angewidert mit dem Ärmel ihres neuen Sweatshirts ab und blickt sich um. Torben, Yessin und Bo sehen feixend zu ihr hinüber. Auch das noch!

»He, Fritz.«

»Ich muss verflucht sein«, murmelt sie.

»Wo ist deine bessere Hälfte?!«

»Wo ist dein Gehirn, du Spacken?«, kontert Fritzi.

Ein pummeliges Mädchen lacht laut. »Der hat gesessen!« Ihre Stimme ist überraschend tief. Sie lächelt ihr verschwörerisch zu. Fritzi hat sie noch nie gesehen und jetzt gerade ist sie auch nicht bereit, frische Bande zu knüpfen. Nein! Nicht jetzt. Mit niemandem. Ohne das Mädchen weiter zu beachten, eilt sie zu ihrem neuen Lehrer.

»Ähm, entschuldigen Sie?«

Der Lehrer schlurft weiter.

»Hier liegt ein Missverständnis vor.« Sie läuft neben ihm her.

»Ach ja?«

Fritzi nickt. »Ich hab eigentlich Französisch gewählt.«

»Aha.«

»Ich würde einfach eben zu Herrn Renneberg rüber in die Klasse gehen.«

»Name?«

»Fritzi Winter.«

Er wirft einen Blick auf seine Liste. »Sie stehen hier drauf, sie gehen hier rein.«

»Aber ...«

»Kein Aber.«

»Na toll, allein unter Honks, super Fritzi«, murmelt Fritzi.

»Wie war das?«, fragt der Lehrer.

»Dann komme ich mal mit in Ihre Klasse!«, antwortet sie lauter als nötig und betritt den Raum.

Sofort stürmen alle Schüler zu den besten Plätzen. Torben, Yessin und Bo sichern sich die letzte Reihe. Oberstreberkuh Petruschka Nowak hat sich den Tisch genau vor dem Lehrerpult ausgesucht und Billa Jahnson fordert den Platz neben ihr ein. Widerwillig nimmt Peti ihren Rucksack zur Seite. Jeder weiß, dass sie eine Einzelgängerin ist. Gerade kann Fritzi sie nur zu gut verstehen. Das pummelige Mädchen von eben setzt sich auf einen freien Platz in die zweite Reihe, Fritzi lässt sich zögerlich am Nebentisch nieder und schiebt das Longboard unter ihren Stuhl. Niemand macht Anstalten, sich zu ihr zu setzen, und Fritzi schiebt erleichtert ihren Rucksack auf den Stuhl neben sich.

Was ist da eigentlich gerade passiert? Ihr Plan wäre doch aufgegangen! Warum hat Lou sich umentschieden und warum, zur Hölle, hat sie ihr nichts davon gesagt? Ihre neuen Mitschüler reden laut durcheinander. Sie spürt, hier gehört sie nicht hin. Aber gibt es jetzt noch einen Weg hier raus? Vielleicht lässt Frau Doktor Fleck mit sich reden? Wenn ihr jemand helfen kann, dann die Schulleiterin.

»Ruhe!«, fordert ihr Lehrer Herr Mollenhauer, nachdem er seinen Namen unleserlich an die Tafel gekritzelt hat.

»Namensschilder raus und zuhören«, verlangt er. Die Klasse gehorcht. Überall ziehen die Schüler Schreibblöcke und Federmäppchen hervor und schreiben ihre Namen auf. Das pummelige Mädchen am Nebentisch stellt sein Schild als Erste auf.

Herr Mollenhauer liest: »Vanzetti, Chiara Vanzetti.«

Sie nickt und wirft ihre langen, dunklen Haare über die Schulter.

»Fetti-Vanzetti!«, johlt Torben aus der letzten Reihe. Gelächter bricht im Klassenzimmer aus.

»Du bist so ein krasser Honk, wenn ich du wär, würde ich schön die Klappe halten!«, sagt Fritzi laut. »So ätzend, wie du dich an den Schwächen anderer stärkst. Findet ihr nicht?« Sie blickt sich in ihrer neuen Klasse um, alle machen große Augen, doch niemand pflichtet ihr bei. Fritzi brodelt innerlich. »Wenn du mich fragst, Torben, bist du 'n armes Würstchen!«

Wieder bricht Gelächter aus, dieses Mal auf Fritzis Seite. Und prompt macht es wieder: BATSCH!

Ein weiteres spuckfeuchtes Papierkügelchen landet mitten auf ihrer Stirn. Die Klasse kann sich nicht mehr halten vor Lachen. Sie wischt das Kügelchen weg – Torben schickt ihr einen Handkuss.

Mit einem strengen »Ruhe!« bringt Herr Mollenhauer die Klasse zum Schweigen, streicht die Spitzen seines spärlichen fettigen Haares glatt und spricht wieder Chiara an: »Tochter vom italienischen Friseur Vanzetti am Marktplatz, nehme ich an?«

Chiara nickt.

»Schön. Sie beherrschen die italienische Sprache?«

Chiara nickt noch einmal.

»Wunderbar. Sie werden sehen, Latein wird eine der leichtesten Übungen für Sie sein.« Er wendet sich zufrieden ab.

Fritzi guckt ihren Lehrer ungläubig an. Kriegt Torben keins auf die Mütze? Keinen Tadel? Keine Ermahnung? Nicht ein Wort? Herr Mollenhauer lächelt selbstgefällig und fragt dann die Klasse: »Wer kann mir sagen, was der Satz an der Tafel bedeutet?«

»Dass Sie ein unfairer Idiot sind«, schießt es Fritzi durch den Kopf. Alle drehen sich zu ihr um. Ach du Schande! Hat sie das etwa laut gesagt? Hat sie? Nein, bitte nicht! Bitte, bitte nicht!

Herr Mollenhauer zieht die Brauen hoch. »Fräulein Winter, wie war das?«

Ihr wird heiß und kalt. Der Lehrer kommt auf sie zu, beugt sich zu ihr hinunter, atemberaubender Mundgeruch schlägt ihr entgegen. Sie versucht, einen jähen Würgereiz zu unterdrücken. Herr Mollenhauer hält ihr die Kreide vor die Nase, ohne eine Miene zu verziehen.

»Schreiben Sie die Übersetzung an. Schön leserlich, bitte.«

»Ich, ähm ...«

Herr Mollenhauer stößt eine zweite Welle Mundgeruch aus. Fritzi eilt zur Tafel, aber nur um ihrem Klassenlehrer nicht geradewegs ins Gesicht zu brechen.

An der Tafel steht mit weißer Kreide: Faber est suae quisque fortunae.

»Vorlesen und übersetzen!«, fordert Herr Mollenhauer ungeduldig. Fritzis Knie werden weich. Die Worte sehen nicht so aus, als könne man sie aussprechen. Sie wirft dem Lehrer einen prüfenden Blick zu und hat einen Geistesblitz!

Was hat ihr Vater heute Morgen noch mal gesagt: »Was willst du mit einer Sprache, die man nicht einmal sprechen kann?«

Sie räuspert sich. »Latein wird doch gar nicht gesprochen, oder?«

»Sie meinen, weil Latein als tote Sprache gilt, könne man sie nicht sprechen?«

Fritzi nickt, ohne zu wissen, ob das nun wirklich genau das ist, was sie meint.

Herr Mollenhauer wendet sich an die Klasse: »Wer kann erklären, warum Latein als tote Sprache deklariert wird?«

Einige Hände schnellen in die Höhe.

»Petruschka, Sie waren wohl die Erste.«

Petruschkas Antwort klingt wie aus dem Lehrbuch: »Latein ist keine tote Sprache, weil man sie nicht sprechen kann, sondern, weil es kein Land und keinen Teil eines Landes mehr gibt, wo ursprünglich Latein gesprochen wird. Somit ist Latein auch nicht die Muttersprache von irgendeiner Bevölkerungsgruppe der Erde, alle lateinischen Muttersprachler sind tot, daher tote Sprache.«

Herr Mollenhauer lächelt zufrieden. »Da hören Sie es, Fritzi. Verstanden?«

Sie nickt.

»Na, dann bitte, lesen Sie vor.«

Sie wendet sich wieder der Tafel zu und versucht, die einzelnen Worte auszusprechen, wie es ihr in den Sinn kommt: »Faba es sui kiske fortunä?« In ihrem Kopf klingt es wie eine Fantasiesprache.

»Ich nehme an, die Übersetzung kennen Sie nicht?«

Fritzi schaut sich Hilfe suchend im Klassenzimmer um, von dieser Gurkentruppe braucht sie aber scheinbar keine Hilfe zu erwarten. Einzig die freundlichen braunen Augen von Chiara halten ihrem Blick stand, doch ihre Lippenbewegungen ergeben für Fritzi ebenso wenig Sinn wie die Worte an der Tafel. Sie schüttelt niedergeschlagen den Kopf.

Herr Mollenhauer seufzt. »Schade, setzen, Winter. Petruschka, würden Sie es noch mal probieren?«

Petruschka, auch Peti genannt, ist das wohl durchgeknallteste und schlauste Mädchen der ganzen Stufe. Sie trägt ihre glatten Haare als kurzen Bubi-Schnitt mit Pony. Hinter der riesigen Opa-Brille auf ihrer Nase versteckt sie hübsche große Augen und eine ebenmäßige glatte Pfirsichhaut. Sie hat immer eine Strickjacke an, sowohl bei strahlendem Sonnenschein als auch bei Schneegestöber. An ihren Ohren baumeln auffällige Federohrringe. Manche behaupten, sie wäre so schlau, dass sie sich für etwas Besseres hielte. Hin und wieder kommt sie mit ihren Eltern und ihrem Bruder Jannik zum Essen in die Grüne Gans. Jannik geht schon in die Neunte und fast alle Mädchen sind in ihn verliebt. Er ist größer als die anderen, hat warme dunkelbraune Augen und rotbraune, wuschelige Haare. Petis Vater ist Kommissar Nowak, man behauptet, kein Geheimnis in Neustadt sei vor ihm sicher.

Als Peti jetzt vorliest, was an der Tafel steht, betont sie jedes Wort am Ende und verzieht dabei komisch den Mund.

»Jeder ist seines Glückes Schmied«, übersetzt sie dann und schreibt es unter den lateinischen Satz.

Herr Mollenhauer klatscht begeistert Beifall. »Toll! Petruschka, toll!«

Fritzi schüttelt den Kopf und hebt ihre Hand in die Höhe. »Ähm, Herr Mollenkauer, eine Frage!«

»Winter! Wollen Sie sich mit mir anlegen?«

Fritzi schüttelt entsetzt den Kopf. »Nein! Überhaupt nicht, ich …«

»Dann sprechen Sie meinen Namen bitte richtig aus, ich heiße MollenHAUER nicht -kauer. Verstanden?«

Fritzi nickt beschämt. »Entschuldigen Sie bitte, Herr Mollenhauer. Ich wollte nur wissen, warum ich schon Latein können muss, wenn wir doch heute die erste Stunde Unterricht haben?«

»Selber denken macht schlau, Fräulein Winter!«

»Ich denke selbst!« So langsam regt sie dieser Blödmann von Lehrer ganz schön auf.

»Entweder Sie mäßigen ihren Ton oder Sie können die Stunde draußen im Flur absitzen.«

»Sie schmeißen mich raus? In der ersten Stunde?! Was hab ich denn gemacht?« Fritzi schäumt über vor Wut. Wenn es eines gibt, was sie nicht ertragen kann, ist es Ungerechtigkeit.

»In diesem Ton reden meine Schüler nicht mit mir. Solche Respektlosigkeiten gibt es bei mir nicht. Verlassen Sie meinen Unterricht, Fräulein Winter, und zwar sofort!«

Ein Raunen geht durch den Raum. Fritzi sieht ihren neuen Klassenlehrer forschend an. Das kann er nicht ernst meinen, sie hat doch gar nichts gemacht! Aber Herr Mollenhauers Gesicht ist wie versteinert.

»Da ist die Tür!«, setzt er nach.

Fritzi stopft ihr Federmäppchen in den Rucksack, zieht das Longboard unter dem Tisch hervor und stürmt aus dem Zimmer. Die Tür fällt mit einem dumpfen Knall hinter ihr ins Schloss.

ABSERVIERT

So schnell sie ihre Füße tragen, hastet Fritzi das Treppenhaus hinunter und auf den Hof. Endlich draußen schnappt sie nach Luft. In dieser Klasse bleibt sie keinen Tag länger! Keine Schulstunde länger! Vor lauter Empörung quellen heiße Tränen aus ihren Augen und laufen ihr über die Wangen. In ihrem Kopf herrscht das reinste Chaos. Ohne genau zu wissen, warum, wird sie von ihren Füßen zum Haupthaus getragen. Auf der Wiese neben dem Eingang sitzt Herr Renneberg mit seiner Französischklasse im gemütlichen Kreis. Sie sprechen erste französische Worte im Chor: »Bon-jour.«

Fritzi fängt Lous Blick auf, die schaut peinlich berührt in die andere Richtung. Eine beste Freundin wäre jetzt herbeigeeilt, oder nicht? Fritzi wischt sich die Tränen von den Wangen und schlüpft durch die schwere Tür des Haupthauses.

Ihre Füße haben es so eilig, sie kommt selbst kaum mit, bis sie endlich vor dem Büro der Schulleiterin haltmachen. Ohne zu klopfen, geschweige denn auf ein »Herein« zu warten, stürmt Fritzi völlig außer Atem das Büro von Frau Doktor Fleck. Die Schulleiterin setzt ihre Lesebrille ab und schaut Fritzi besorgt an.

Wenig später hält Fritzi eine dampfende Tasse Tee in der Hand und erzählt: »Aber als ich in der Aula heute Morgen nicht aufgerufen wurde, hab ich mich gewundert. War ja nur noch die Lateinklasse übrig, dabei hab ich doch Französisch gewählt, verstehen Sie? Spanisch wäre auch okay für mich, aber Latein geht gar nicht.«

Frau Doktor Fleck verzieht keine Miene. Ihre grauen Haare passen perfekt zu ihrem maßgeschneiderten hellgrauen Tweed-Kostüm. Sie hört aufmerksam zu, dann greift sie zum Telefonhörer. »Frau Ritter-Kurzberger, würden Sie mir bitte den Fremdsprachen-Wahlzettel von Fritzi Winter rübermailen? Ja, danke.«

Fritzi schluckt. Diesen blöden Wahlzettel hat sie total vergessen. Wer ahnt denn, dass die Schule so was aufhebt?!

»Also ich habe hier nur einen Zettel, auf dem du Latein angekreuzt hast«, stellt Frau Doktor Fleck mit Bedauern fest.

»Das muss der erste Zettel sein, ich hatte ja zuerst Latein gewählt, und dann hat meine Mutter noch mal Bescheid gesagt, dass ich doch Französisch nehmen will.«

»Hm«, die Direktorin klickt sich durch Dateien auf ihrem Computer und wendet sich dann wieder Fritzi zu: »Über einen zweiten Zettel kann ich hier nichts finden. War das in den Ferien?«

»Nein.« Fritzi versagt fast die Stimme beim Lügen. »Ein paar Tage vor den Ferien«, flüstert sie.

Frau Doktor Fleck schaut nochmals auf ihren Computer, bevor sie antwortet: »Tut mir leid, Fritzi, ich finde hier keinen Vermerk. So kann ich keine Ausnahme machen. Es sei denn …«, sie zögert.

»Es sei denn – was?«

»Die anderen Klassen sind voll. Wenn du allerdings einen Schüler oder eine Schülerin zum Tauschen findest, könntest du wechseln.«

»Na klasse.«

»Wie bitte?«

»Sie meinen, wenn ich jemanden finde, der jetzt noch in die Lateinklasse wechseln will, können wir tauschen?«

Die Direktorin nickt.

»Aber das ist doch aussichtslos.«

Frau Doktor Fleck zuckt bedauernd mit den Schultern. »Mir sind hier die Hände gebunden.«

Fritzi setzt zu einem letzten Versuch an. »Bitte, stecken Sie mich in eine andere Klasse, völlig egal, welche. Niemand wird merken, dass ich da bin. Bitte!«

»Tut mir leid, Fritzi.«

Fritzi schlurft die Treppe hinunter und hat es plötzlich gar nicht mehr eilig. Hätte Frau Doktor Fleck nicht einfach mal ein Auge zudrücken können? Sie späht durch die Glastür des Hauptgebäudes hinaus auf den Hof und hat wenig Lust, erneut an Lou und ihrer Französischklasse vorbeizulaufen. Also wartet sie, dass es zur großen Pause klingelt, und beobachtet so lange alles aus der Ferne. Herr Renneberg ist schon seit Jahren ihr Lieblingslehrer, er unterrichtet auch

Sport, Fritzis bestes Fach. Klar, in Kunst und Englisch ist sie auch gut, aber Sport ist einfach das Beste! Ob sie auch weiterhin Sport bei ihm hat?

Mit dem Klingeln füllt sich der ganze Hof mit Schülern. Fritzi verlässt das Gebäude. Lou steht gerade aus dem Gras auf. Ob sie zu ihr hinübergehen soll? Sie hat so viele Fragen, will wissen, was eigentlich passiert ist. Vielleicht ist jetzt der richtige Moment für ein bisschen Klartext. Sie nimmt all ihren Mut zusammen und steuert direkt auf die Wiese neben dem Haupthaus zu. Sie steht schon direkt hinter Lou und will sich gerade räuspern, als sie ein paar Gesprächsfetzen auffängt. »Hey, Emmi, kommst du dann nach der Schule mit zu mir?«

»Klar! Sollen wir Doro und Mandy auch fragen?«

Lou nickt und wendet sich ab. Fritzi duckt sich weg und taucht in einer Schülertraube unter, ehe Lou oder eine der anderen sie bemerkt. Neben dem Kioskbüdchen setzt sie sich allein auf ihr Longboard. Man hat hier einen guten Blick über den ganzen Hof. Fritzis Gedanken kreisen um Lou. Lou, die jetzt nicht an ihrem Stammplatz neben ihr sitzt. Die heute auch bestimmt nicht zum Mittagessen mit in die Grüne Gans kommt, wie an fast jedem anderen Schultag ihres Lebens bisher. Heute also keine gemeinsamen Hausaufgaben und erst recht kein gemeinsames Longboarden. Diese Lou, am gegenüberliegenden Ende des Hofes, lädt nicht nur Emma, sondern sogar auch Doro und Mandy zu sich nach Hause ein. Die beiden sind der anorektische Untergang ihres Jahrgangs, nennen sich ironischerweise die Eiscafé-Tussis, leben mehr auf ihren Insta-Accounts als in der echten Welt. Über Magersucht macht man keine Scherze, aber die beiden sind auch kein Scherz. Nichts an all dem hier ist ein Scherz.

Fritzi versucht, einen schrecklichen Gedanken immer wieder zu verdrängen, schafft es aber nicht. Eine quälende Frage brennt ihr unter den Nägeln: Ist Lou seit Neuestem etwa eine Eiscafé-Tussi?

Sie trägt ein kurzes Blümchenkleid, unter dem andauernd ihre Unterhose hervorblitzt, und ihre wilden Locken werden von unzähligen Spängchen verziert. Spängchen!? So was hat ihre Lou noch nicht einmal besessen. Der Gong markiert das Ende der großen Pause, ohne dass Fritzi auch nur den Hauch einer Chance gewittert hätte, für drei Sekunden allein mit Lou zu sprechen. Sie lauert ihr in der kleinen Pause auf und wartet nach dem Unterricht vor dem Französischtrakt. Aber Lou bewegt sich nur noch im Schwarm ihrer neuen Freundinnen.

Also steigt Fritzi nach der letzten Stunde auf ihr Longboard und rollt allein die Adenauerallee entlang. Was war das bloß für ein grässlicher erster Schultag? Lou hat sie hängen lassen, richtig abserviert sogar. Bei dieser Erkenntnis versetzt es Fritzis Herz einen Stich.

Sie zieht ihr Handy hervor und scrollt durch alte Nachrichten von Lou, die sie sich über den Sommer geschickt haben. Fotos vom Strand, Küsse und Grüße. Einmal kam eine lange Nachricht von Lou. Klar, es war weniger, als sie sich sonst in den Ferien geschrieben haben, aber Fritzi hat sich nicht viel dabei gedacht. War das ein Fehler?

Der ganze Nachrichtenverlauf bietet keinen Anhaltspunkt, warum Lou sauer auf Fritzi sein könnte. Es muss doch eine logische Erklärung für alles geben. Sie sind beste Freundinnen seit dem Kindergarten. So was ändert sich doch nicht von heute auf morgen, oder? Ist Lou überhaupt noch ihre Freundin?

Zu Hause in der Grünen Gans wartet schon ihre Mutter Ulla mit dem Mittagessen. »Hallo, mein Herz.«

»Hallo, Mama.« Fritzi lässt Longboard und Rucksack an der Garderobe fallen.

Ulla trägt ihren »Kreativ-Anzug«, wie sie ihn nennt. Ein in die Jahre gekommener, zu großer Blaumann, mit hoch gekrempelten Ärmeln und Beinen, den sie zum Schreinern, Basteln und Malen anzieht. Sie baut leidenschaftlich gern Möbel. Jedes Zimmer der Grünen Gans hat sie selbst gestaltet, mit eigenen Möbeln und Ideen. Bloß Zimmer Nummer neun ist nicht zu empfehlen. Sven sagt, hier habe sie sich ein wenig »verkünstelt«. Von ihr hat Fritzi die grünen Augen, die schnittlauchartigen, hellbraunen Haare und ihre unzähligen Sommersprossen geerbt.

»Na, wie war der erste Tag? Bist du allein?« Ulla will ihr einen Kuss auf die Stirn geben, aber Fritzi rauscht förmlich an ihr vorbei in die Küche.

»Siehst du noch jemanden außer mir?!«, gibt sie pampig zurück und bereut es im gleichen Augenblick. Fritzis Blick fällt auf den Tisch. Ihre Mutter hat für vier gedeckt.

Ulla lüpft die Brauen. »Na holla, welche Laus ist dir denn über die Leber gelaufen?«

In diesem Moment kommt Marlene in die Wohnküche gestürmt. »Warum hast du nicht auf mich gewartet?«, beschwert sie sich.

»Vergessen.«

»Du hast mich vergessen?« Marlene gibt sich keine Mühe, den vorwurfsvollen Unterton aus ihrer Stimme zu verbannen.

»Entschuldige, es war einfach …« Sie zögert.

»Es war was?!«

»Ein richtiger Scheißtag!« Fritzi lässt sich bedröppelt auf einen Stuhl fallen.

»Was ist denn passiert?«, fragt Marlene etwas besänftigt. »Und wo ist Lou?«

»Habt ihr euch gestritten?«, will Ulla wissen.

»Ich weiß es nicht.«

»Du weißt nicht, wo sie ist, oder du weißt nicht, ob ihr euch gestritten habt?«, hakt Marlene nach.

»Beides.«

Ulla stellt eine dampfende Auflaufform mit Lasagne auf den Tisch. »Wie beides? Wie geht das denn?«

Fritzi zuckt mit den Schultern. »Ich weiß es einfach nicht.«

Marlene setzt sich auf ihre eine und Ulla auf ihre andere Seite. Fritzi erzählt von der Klassenaufteilung, von ihrem neuen Blödmann von Lehrer, von Lou und von Emma.

Als sie sich alles von der Seele geredet hat, ist Marlene fuchsteufelswild. »Soll ich dir mal was sagen?«, sie wartet Fritzis Antwort nicht ab. »Lou ist für mich gestorben!« Sie haut mit der Faust auf den Tisch, Gläser und Geschirr scheppern. Fritzi sucht den Blick ihrer Mutter. Die sitzt mit nachdenklicher Miene vor ihr. Ihre verspannte Stirn wirft eine Falte. Marlene gibt ein heftiges Schnauben von sich. »So eine Verräterin!« Dankbar für die Loyalitätsbekundung ihrer kleinen Schwester lächelt Fritzi und Marlene legt ihr den Arm um die Schultern. »Das hast du nicht verdient, Streit hin oder her!«

»Das würde ich aber auch mal sagen!«, klinkt sich Ulla ein. »Schließlich war die ganze Latein-Sache doch ihre Idee, oder?«

Fritzi nickt.

»Dass sie so eine Nummer abzieht. Kaum zu fassen.«

In diesem Augenblick kommt Sven in die Küche, die Hände voll mit Tüten aus dem Großmarkt. »Hab ich was verpasst?«

»Lou hat Fritzi verraten!«, tönt Marlene.

»Wie?« Sven sieht Fritzi entrüstet an.

»Sie ist jetzt doch in Französisch«, murmelt Fritzi kleinlaut.

»Und du?«, fragt Sven.

»Allein in Latein.«

»Diese Mistbiene!«, schimpft er. »Lässt dich einfach allein?«

»Leider nicht ganz allein. Torben, Yessin und Bo sind mit mir in der Klasse gelandet.«

»Das wird ja immer besser!«, stöhnt Ulla.

»Lou hat dich einfach richtig abserviert!«, führt Marlene etwas zu dramatisch aus.

Ulla legt ihr beschwichtigend die Hand aufs Knie. »Ist gut, Lene, ich glaube, wir haben es alle verstanden und es ist auch so schon schwer genug für deine Schwester.«

»Vielleicht ist es ja auch meine eigene Schuld.«

»Wie bitte sollst du daran schuld sein, dass Lou dir keinen reinen Wein einschenkt?« Ullas Stimme bebt sachte, wie sie es immer tut, wenn sie wahrhaft aufgebracht ist.

»Aber was soll ich denn jetzt machen?«

»Na wir gehen zur Schulleitung und sagen, dass du nicht in der Lateinklasse bleiben willst, ist doch völlig klar!«, antwortet Sven prompt.

»Das hab ich schon versucht.«

»Dann wechselst du die Schule!«

»Och nööö!«, protestiert Marlene.

»Du willst, dass ich auf diese private Spießerschule gehe?«

»Wieso nicht?«

»Wir können uns das nicht leisten, Sven. Was willst du denn, Fritzi?«

Sie zuckt mit den Schultern. Eigentlich will sie einfach nur, dass alles wieder so ist wie immer.

»Aber wenn du doch dahin willst«, wendet sich Sven an Fritzi, »dann kriegen wir das Finanzielle irgendwie hin!«

»Sven!«

»Es geht hier um unsere Tochter, Ulla.«

»Trotzdem will ich nicht, dass du versprichst, was du nicht halten kannst.«

»Nicht streiten! Ich will da sowieso nicht hin.«

»Ein Glück!«, stößt Marlene erleichtert aus.

Für einen Moment, der so zäh ist wie Kaugummi, sagt niemand ein Wort.

»Gib dir selbst und deiner neuen Klasse einfach ein bisschen Zeit. Ich bin sicher, du findest Freundinnen und wenn es nur eine ist«, versucht Ulla, ihr Mut zu machen.

»Und wenn es keine ist, hast du ja immer noch mich!«, gibt Marlene zu bedenken und zwinkert ihr zu.

»Ein Glück!«, antwortet Fritzi halb im Ernst, halb ironisch.

»Oh manno, du bist so fies. Wozu hat man denn eine Schwester, wenn man nicht mit ihr befreundet sein darf?«

Fritzi nimmt Marlene in den Arm und kitzelt sie ein bisschen. »Wir sind Schwestern, das ist tausendmal mehr als beste Freunde, du Gurke.«

»So gefällst du mir schon viel besser!«, sagt ihre Mutter und räumt den Tisch ab. »Spür mal in dich rein, was du heute noch brauchst, um morgen gestärkt zur Schule zu gehen, ja?«

Fritzi nickt.

»Genau, spür mal in dich rein«, feixt Marlene. »Wie wäre das zum Beispiel?« Sie fängt an Fritzi wild zu kitzeln, aber die lacht kaum. Marlene lässt entsetzt von ihr ab. »Mama, es steht wirklich schlecht um Fritzi!«

»Den Eindruck habe ich auch!«, gibt Ulla besorgt zu. »Soll ich dich zur Baracke fahren? Dann könntest du eine Runde longboarden?«

Fritzi schluckt. Wenn Mama das freiwillig anbietet, muss sie wirklich elend aussehen. Aber bei dem Gedanken an die neue Strecke zieht sich ihr Herz zusammen wie eine kleine, schrumpelige Rosine. »Mir ist heute gar nicht nach boarden.«

Ihre Eltern tauschen einen besorgten Blick.

»Lass uns wissen, was du brauchst, ja?«

Fritzi nickt und verlässt die Küche.

»Morgen sieht die Welt bestimmt ganz anders aus!«, ruft Sven hinter ihr her.

»Hoffentlich«, murmelt Fritzi und verschwindet in ihr Zimmer.

CHAOS

Am nächsten Morgen wird Fritzi unsanft aus dem Schlaf gerissen. Marlene fummelt in ihrem Gesicht herum.

»Aua!«, stöhnt Fritzi total verschlafen. »Was machst du denn da?« Sie zieht sich schützend ein Kissen über das Gesicht.

»Maaa-maaa, ist es normal, dass Pickel wehtun?«, ruft Marlene durch die angelehnte Zimmertür in den Flur.

Fritzi reißt die Augen auf. »Pickel? Wieso Pickel?«

Marlene zeigt bedeutungsvoll auf ihr Kinn. »Vielleicht ist es gar kein Pickel, sondern ein bösartiges Geschwür, oder dir wächst da ein drittes Auge, oder du kriegst einen Frauenbart, so wie Frau Peschel vom Fischgeschäft. Mama sollte sich das ansehen, glaub mir.«

Fritzi berührt sachte ihr Kinn. Sie spürt förmlich, wie es dort unter ihrer angespannten Haut pulsiert. Mit einem Satz ist sie auf den Beinen, läuft aus dem Zimmer und eilt durch den Flur ins Bad. Der Spiegel zeigt das volle Ausmaß der Katastrophe: Ein rot glühender Pickel.

»Nicht gerade ein Einsteigermodell, wenn du mich fragst!«, kommentiert Marlene ungefragt.

Sie hat recht. Der Pickel sieht aus wie ein Vulkan, der jeden Augenblick ausbrechen könnte.

»Soll ich ihn dir ausdrücken?«

»Iiih. Du bist so eklig, Lene!«

»Ich finds auch eklig, echt, aber für dich würde ich das Opfer bringen!«

»Du bist zu gut zu mir«, gibt Fritzi ironisch zurück.

Marlene grinst breit.

Beim Anblick ihres Kinns wird Fritzi heiß und kalt. Sie legt sich selbst die Hand auf die Stirn. »Ich glaub, ich habe Fieber.«

»Maaa-maaa«, ruft Marlene in den Flur. »Fritzi hat Fieber!«

Ulla kommt, in ein Handtuch gewickelt, ins Badezimmer. »Hat er schon ein weißes Häubchen?«

»Mama! Iiih!«, stöhnt Fritzi.

Ulla schiebt Marlene beiseite, um die Stelle genauer zu begutachten. »Ist ja ein ganz schöner Brummer.«

»Sag bitte nicht Brummer!« Fritzi schließt angewidert die Augen.

»Brummer? Was für Brummer? Haben wir ein neues Hornissennest?«, ruft Sven aus dem Flur und kommt direkt angelaufen. Ein Blick auf Fritzis Kinn verschlägt ihm die Sprache. »Oh.«

»Will vielleicht auch noch einer anfassen?!«, fragt Fritzi aufgebracht.

Marlene hebt begeistert die Hand. »Ich!«

»Ich mach dann mal Frühstück, ja?« Sven verschwindet Richtung Küche und lässt die Winter-Frauen im Badezimmer zurück.

Ulla dreht Fritzis Kinn ins Licht. »Keine Sorge, mein Schatz, den können wir abdecken.«

Marlene reibt sich voller Vorfreude die Hände. »Jetzt geht es deinem Freund an den Kragen.«

»Das ist nicht mein Freund!«

»Was bist du denn so?«, schnauft Marlene beleidigt.

»Hast du mich mal angeguckt?«

Marlene zuckt verständnislos mit den Schultern. »Sei doch froh. Das ist der erste Vorbote deiner Pubertät, jetzt gehts endlich los!«

Fritzi sieht nicht begeistert aus, im Gegenteil.

Marlenes Augen hingegen leuchten, als sie aufzählt: »Bald kriegst du einen richtigen Busen und hast deinen ersten Kuss und dann kriegst du auch noch deine Periode!«

»Bloß nicht!«

»Ich wünschte, bei mir würde es auch schon losgehen.«

»Du spinnst!«, murmelt Fritzi.

»Wann kriegt man denn seine Tage, Mama?«

»Meistens zwischen elf und vierzehn.«

»Und den ersten Pickel?«

»Auch so um den Dreh.«

Marlene sieht ihre Schwester mit einem verschwörerischen Blick an. »Wenn was bei dir passiert, erzählst du es mir sofort, okay? Und ich dir auch.«

»Wenn was passiert?«

»Irgendwas von alldem! Wenn du Brüste kriegst oder deine Tage oder wenn du dich verliebst! Ich meine –, jetzt wo du Lou nicht mehr hast, ist ja klar, dass du jemand Neues zum Reden brauchst, und ich kann das überbrücken! Echt! Ich wär 'ne gute beste Freundin für dich! Bitte sag Ja, bitte!«

»Ich überleg es mir, okay?« Schon als die Worte ihren Mund verlassen, tut es Fritzi leid, denn Marlene, die offenbar auf ein begeistertes »Ja, ich will!« gehofft hatte, sieht sie enttäuscht an, dreht sich um und verlässt das Badezimmer.

Ulla tupft und schmiert den Inhalt unzähliger Tuben und Töpfchen auf Fritzis Kinn. Fritzi versucht, einen Blick in den Spiegel zu werfen.

»Warte, bin gleich fertig.« Ihre Mutter pudert die Stelle mit Babypuder ab und klatscht in die Hände. »Sooo, schon besser, oder?«

Fritzi schaut sich im Spiegel an. Es ist überhaupt gar kein bisschen besser. »So geh ich nicht.«

»Wie? So gehst du nicht. In die Schule?«

»Ich mach mich doch nicht lächerlich, Torben hat es eh schon auf mich abgesehen. Ich bin da ganz alleine und du hast selbst gesagt, ich soll neue Freunde finden. Wenn ich aussehe wie Rudolf das Rentier, dem die rote Nase aufs Kinn gerutscht ist, will bestimmt niemand mit mir befreundet sein. Im Gegenteil, das hängt mir dann bis in alle Ewigkeit nach und steht in fünf Jahren in meinem Abibuch.«

»Bei aller Liebe, mein Schatz, aber wegen dieses Pickels bleibst du heute sicherlich nicht zu Hause!«

Fritzi sieht ihre Mutter flehend an. »Ich zieh auch alle Gästebetten ab. Bitte! Ich kann so nicht vor die Tür.«

Ulla seufzt verständnisvoll, aber erklärt dann: »Eine wahre Schönheit kann nichts entstellen.«

»Dann kleben wir ein Pflaster drüber, ja? Ich könnte sagen, dass ich beim Longboarden aufs Kinn gefallen bin. Das ist tausendmal cooler als dieser Vulkanpickel!«

»Hier geht es nicht um Coolness, hier geht es um deinen Körper! Und der ist ganz wunderschön, so wie er ist.«

»Ja-ha, weiß ich ja, aber dieser Pickel ist kein Teil von meinem Körper.«

»Doch. Und es ist ganz wichtig, dass du zu deinem Körper stehst, ganz egal, was er hervorbringt.«

Während Ulla spricht, steigt in Fritzi unaufhaltsam Wut auf. Warum haben Eltern keinen Stummschalter?!

»Du wirst lernen, die Signale zu verstehen, die dir dein Körper sendet. Dieser Pickel wird nicht der einzige bleiben, und du wirst lernen müssen, mit ihnen umzugehen.«

Fritzi schnaubt, aber Ulla bleibt liebevoll und gelassen. »Wenn du möchtest, stecke ich dir die Haare schön hoch, das lenkt die Aufmerksamkeit ein bisschen um?«

»Oh ja, das ist doch 'ne tolle Idee!«, klinkt sich Marlene wieder ein.

Eine halbe Ewigkeit später verlässt Fritzi mit aufwendiger Hochsteckfrisur die Grüne Gans. Frustriert wirft sie ihr Longboard auf den Boden und betrachtet sich selbst in der Kamera ihres Handys.

»Ich sehe aus wie eine Pickelkuh mit Wischmopp-Frisur.«

»Fritzi!«, ertönt die Stimme ihres Vaters.

Sie steckt eilig ihr Handy weg. »Ja, ich fahr doch schon!«

Sven kommt zu ihr. »Warte! Du hast was vergessen.« Er hält ihr eine Brotdose hin.

»Das ist nicht meine, ich hab die grüne schon eingesteckt.«

»Glaub mir, das ist deine!« Sven drückt ihr die Brotdose mit Nachdruck in die Hand. »Wenn du um die Ecke bist, mach die Haare wieder auf, ja? Deine Mutter hat sich da irgendwie verkünstelt.«

Ulla steht winkend am Fenster, Sven und Fritzi winken zurück.

»Und jetzt los, nicht dass du zu spät kommst!«

»Danke, Papa.«

Er klopft ihr zum Abschied auf die Schulter. »Ich hoffe, dein Tag heute wird besser als gestern! Lass dich nicht unterkriegen!«

Fritzi steigt auf ihr Board und fährt los. Im Rollen lugt sie in die Brotdose – ein Päckchen Pflaster liegt darin. Papa ist der Beste!

Mit offenen Haaren und einem Pflaster auf dem Kinn fährt Fritzi durch das große, gusseiserne Tor der Herzberg Gesamtschule. Sie lässt den Blick über die ankommenden Schüler schweifen.

KRAWUMM! Etwas reißt sie mit voller Wucht von den Füßen. Ein lautes Scheppern, ein harter Aufprall. Umstehende kreischen. Fritzis Kopf knallt heftig auf den Boden. Heiße Flüssigkeit läuft über ihren Arm und schwappt ihr ins Gesicht. Für einen Augenblick sieht sie Sternchen, dann schmeckt sie Kakao.

Hat sie sich den Kopf aufgeschlagen? Ist sie ohnmächtig? Alles schmerzt, mit ihrem Knie stimmt etwas nicht und ihr Ellbogen blutet. Fritzi blinzelt. Sie liegt zusammen mit zwei weiteren Mädchen in ein Fahrrad verknotet auf dem Boden. Überall sind Scherben verteilt, anscheinend von einer kaputten Tasse. Dazwischen ein Lippenstift, ein paar Tampons, Schminkzeugs und Fritzis altes Handy. Das Display ist gesprungen.

Sie spürt die Blicke der umstehenden Schüler auf sich, einige lachen. Sie muss sofort an ihr Pflaster denken. Klebt es noch? Hoffentlich ist es nicht verrutscht! Sie würde am liebsten im Erdboden versinken. Ein paar Schüler zeigen sogar mit dem Finger auf sie. Was für ein Chaos! Wenn jetzt auch noch ihr Vulkanpickel unter dem Pflaster zum Vorschein kommt, hat sie genug Lästermaterial für das ganze Schuljahr geliefert!

Oder hat vielleicht sowieso schon der gesamte Jahrgang mitbekommen, dass Fritzi und Lou, das Superduo, seit Neuestem getrennte Wege gehen? Sie versucht, die Hand zu ihrem Kinn zu führen und das Pflaster zu checken, doch ihre Finger klemmen irgendwo in den Speichen des Fahrrads fest.

Sie bewegt ihren Kiefer hin und her. Ein Glück, sie spürt die Klebestreifen des Pflasters auf der Haut, Vulkanpickel-Präsentationsgefahr gebannt! Sie atmet auf. Doch so langsam meldet sich der Rest ihres Körpers. Sie kann sich nicht rühren, nicht einmal zappeln. Was ist denn überhaupt passiert?

»Hal-loo-hoo, könnt ihr ma' aufstehen!? Das tut echt weh hier unten«, ruft sie dem flauschigen, fliederfarbenen Pullover entgegen, der ihr die Sicht verdeckt.

Eine Stimme antwortet: »Ach du Schande, das tut mir unendlich leid! Meine Bremse hat nicht funktioniert. Seht ihr meine Brille irgendwo?«

Die Stimme kommt Fritzi bekannt vor. Ist das Peti? Etwas bewegt sich, ein Pedal des Fahrrads schiebt sich Fritzi in die Seite. Sie späht am fliederfarbenen Pullover vorbei. Peti krabbelt mühsam aus dem Fahrradknoten heraus. Ohne Brille ist sie kaum wiederzuerkennen. Blind wie ein Maulwurf tastet sie überall danach. Der fliederfarbene Pullover bewegt sich abermals und Fritzi erkennt Chiara Vanzetti. Kakao tropft von ihren Händen.

»Ähm … könntest du mal aufstehen, du sitzt auf meinem Knie«, meldet sich Fritzi vom Boden.

Chiara schluchzt: »Kann nicht.«

»Steh auf! Du tust mir weh, verdammt.«

Chiara rutscht ein Stück zur Seite und gibt zumindest das Fahrrad frei. Fritzi schiebt das Rad mit aller Kraft von sich herunter und schnappt nach Luft.

»Du sitzt immer noch auf meinem Knie!« Fritzi drückt Chiara hoch und rappelt sich auf.

KRACK!

»Mist!«

»War das meine Brille?«, fragt Peti entsetzt. Fritzi schluckt. Die umstehende Schülerschar kriegt sich kaum ein vor Lachen. Ist ihr Pflaster etwa jetzt verrutscht? Nein! Ihre Mitschüler lachen weder über sie noch über die Brille suchende Peti. Denn da ist ein halb nackter Mädchen-Po! Chiaras Hose ist genau in der Mitte gerissen und zeigt zu allem Übel auch noch ihren Schlüppi mit pinken Herzchen.

»Ach du Schande«, murmelt Fritzi und schaltet blitzschnell. Sie zieht ihren Sweater über den Kopf und schlingt ihn Chiara um die Hüften. »Keine Sorge, die haben fast nichts gesehen!«

»Meinst du?«, fragt sie verunsichert.

Fritzi nickt, obwohl sie in Wahrheit gar nicht sicher ist. Hauptsache, diese Deppen haben kein Foto gemacht. Fritzi hebt Petis Brille auf und drückt ihr die Teile in die Hand.

»Oh Mist!«

»Tut mir leid.«

Peti hält sich das verbogene Gestell vor die Augen und sieht Fritzi an. »Mir tuts leid. Meine Bremsen, ich weiß auch nicht, was los war. Es ging alles so schnell!«

Die drei Mädchen blicken sich um. Ihre Sachen liegen überall verstreut. Fritzi greift nach ihrem Handy und begutachtet missmutig das gesprungene Display.

Chiara schluchzt.

Fritzi sieht sie an. »Deine Sachen?«

Chiara nickt.

»Nicht bücken, klar?«, raunt sie ihr zu und sammelt alles auf.

»Danke«, flüstert Chiara ergeben und zieht den Knoten von Fritzis Sweatshirt noch ein wenig enger.

Hoffentlich denken ihre Mitschüler jetzt nicht, dass dieses peinliche Zeug ihr gehört, bloß weil sie es aufsammelt. Auf die Idee zu helfen, kommt sonst niemand. Typisch. Yessin, Bo und Torben bewerfen sich mit den Tampons. Die anderen tuscheln und kichern.

Endlich entdeckt Fritzi ihr Longboard, will es sich schnappen und berührt dabei eine andere Hand. Sie schaut nach oben, geradewegs in die warmen braunen Augen von Jannik. Sein Mund verzieht sich zu einem freundlichen Lächeln, irgendetwas daran macht Fritzi froh. Zumindest für eine Sekunde.

»Alles klar bei dir?«, raunt er. Seine Stimme ist überraschend tief, trotzdem weich im Klang.

Sie nickt.

»Cooles Board«, sagt er und wendet sich Peti zu, bevor Fritzi noch etwas erwidern kann.

Sie beobachtet, wie er seiner Schwester aufhilft, sich ihre Wunden genauer ansieht und die Kette des Fahrrads wieder einhängt. Da tippt ihr jemand auf die Schulter.

»Fritzi«, fragt Chiara schüchtern, »weißt du, wo wir Deutsch haben?«

»Hier lang.« Sie stapft los, Chiara folgt ihr und wringt dabei die Ärmel ihres fliederfarbenen Pullovers aus. Kakao tropft auf den Boden.

»Sollen wir vorher noch aufs Mädchenklo, damit du deinen Pulli auswaschen kannst?«

Chiara nickt.

Sie humpeln ein paar Meter nebeneinanderher zum Mädchenklo. Fritzi hält die Tür auf.

»Ich glaube, du musst ins Sekretariat«, sagt Chiara.

»Wieso?«

»Schau dich mal an!«

Fritzi folgt ihrem Blick. Blut läuft ihr in langen Fäden über den Arm. Ihre Jeans und sogar ihre Sneaker sind schon voller Flecken.

»Oh.«

»Tut das nicht weh?«

Fritzi schüttelt den Kopf.

»Bestimmt das Adrenalin. Soll ich dich begleiten?«

»Nicht nötig, ich hab Pflaster dabei.« Sie hat keine große Lust darauf, im Sekretariat eventuell noch Frau Doktor Fleck zu begegnen. Sie lässt sich von Chiara den Ellbogen verarzten.

»Du mit deinen Pflastern überall ...«

»Oh nein«, stöhnt Fritzi, »jetzt seh ich aus wie ein Pflaster-Opfer, oder?«

»Nein, alles gut. Du siehst ...«, Chiara betrachtet sie. »Du siehst cool aus, ziemlich draufgängerisch.«

Fritzi grinst verschmitzt.

»Ohne die neuen Pflaster hätte ich gewettet, dass du da am Kinn bloß einen Pickel versteckst, aber jetzt wirkt es, als hättest du 'n krassen Sturz mit deinem Skateboard hingelegt.«

»Cool!«, gluckst Fritzi. »So hat unser Unfall wenigstens ein Gutes.«

»Wieso?«

»Na, weil ich hier wirklich einen Pickel verstecke. Richtig fieser Brummer, sag ich dir.«

Chiara und Fritzi prusten beide los vor Lachen.

Fritzi fängt sich als Erste. »Also wollen wir dann los?«

»Ähm ... wie ist das mit meiner Hose?«

»Alles bestens mit Pulli davor.«

»Und wenn ich mich bücke?«

»Mach mal.«

Chiara setzt ihren Rucksack ab und bückt sich. Eine weiße Unterhose mit quietschroten Kussmündern und pinken Herzchen kommt zum Vorschein.

»Bis hier ists in Ordnung, aber wenn du weiter runtergehst, wirds kritisch.«

Kurz darauf betreten die beiden den Klassenraum. Der Unterricht hat längst angefangen.

»Hallo, Frau Fiedelbrecht, entschuldigen Sie bitte die Verspätung, wir hatten einen kleinen Unfall und mussten uns noch verarzten.«

Bei ihrem Anblick wird die zierliche Frau Fiedelbrecht ganz blass im Gesicht. »Wo kommt denn all das Blut her, Fritzi?«

Fritzi hebt den Ellbogen.

»Hier, vielleicht kriegst du deine Blutung damit in den Griff«, tönt Torben aus der letzten Reihe und wirft eine Handvoll Tampons quer durch das ganze Klassenzimmer. Lautes Gelächter ertönt. Ohne darüber nachzudenken, hebt Chiara einen Tampon auf, der genau vor ihren Füßen gelandet ist. Dabei verrutscht der Pullover und die ganze Klasse kann ihren weißen Slip mit den roten Kussmündern darauf sehen.

»Vanzetti hat den Arsch offen!«, grölt Torben begeistert.

Alle lachen. Chiara läuft scharlachrot an und rührt sich nicht.

»Wer war das? Wer hat das gesagt?«, fragt Frau Fiedelbrecht fordernd.

»Torben!«, petzt Billa, die neben Petis leerem Platz in der ersten Reihe sitzt.

Frau Fiedelbrecht wendet sich Torben zu: »Erstens, Kraftausdrücke in meinem Klassenzimmer: Nein! Zweitens, wenn du noch einmal gedenkst, andere Schüler in meinem Unterricht oder meiner Gegenwart zu diskriminieren, werde ich mir eine geeignete disziplinarische Maßnahme für dich überlegen. Hast du mich verstanden?«

Torben nickt kleinlaut.

»Und du, Chiara, gehst jetzt erst mal nach Hause.«

»Aber ...«

»Keine Widerrede, du ziehst dich um und kommst zurück, einverstanden?«

Chiara nickt und lässt sich von Frau Fiedelbrecht aus dem Klassenzimmer schieben.

Fritzi strahlt ihre neue Deutschlehrerin an. Sie würde sie am liebsten zum Dank für all das küssen. Nicht nur, dass sie Torben Paroli bietet, nein, sie ist auch noch klug und fair und nett. Fritzi grinst gedankenversunken.

»Bist du sicher, dass bei dir alles in Ordnung ist, Fritzi?«, fragt Frau Fiedelbrecht. »Du hast bestimmt keinen Schlag auf den Kopf bekommen?«

»Alles okay«, gibt sie zurück und setzt sich auf ihren Platz in der zweiten Reihe.

Wenig später öffnet sich die Tür des Klassenzimmers erneut. Peti kommt herein.

»Brille geklebt?«, fragt Frau Fiedelbrecht.

Peti nickt. Ihr Brillengestell ist über und über mit Klebeband umwickelt.

»Na dann können wir ja jetzt loslegen.« Die Lehrerin klatscht in die Hände und fährt mit dem Unterricht fort.

Doch Fritzi kann keinen klaren Gedanken fassen. Wenn sie eine Sitznachbarin hätte, würde sie jetzt mit ihr quatschen. Aber sie ist ganz allein an ihrem Tisch.

In der großen Pause tut Fritzi, was sie früher immer mit Lou gemacht hat. Sie setzt sich auf ihr Longboard neben das Kioskbüdchen und beobachtet ihre Mitschüler. Jannik hängt mit seinen Kumpels bei den Bänken rum. Mit seinen rotbraunen Haaren und dem hoch gewachsenen Körper kann man ihn gut von den anderen unterscheiden. Sie tricksen mit ihren Skateboards.

Neben den Bänken stehen Lou und die Eiscafé-Tussis. Sie nesteln an ihren Haaren herum, klimpern mit den dick geschminkten Lidern und werfen den älteren Jungen interessierte Blicke zu. Auf eine absurde Art ähnelt Lou ihren neuen Freundinnen Mandy, Doro und Emma plötzlich sehr. Lou zieht einen Lippenstift und einen Handspiegel aus der Tasche.

»Pink?«, fragt Fritzi sich fassungslos.

»Mit Glossy-Shine-Effekt würde ich sagen«, ertönt neben ihr eine Stimme.

Fritzi blickt sich überrascht um und erblickt Peti. »Was willst du denn?«

»Wollte mich noch mal entschuldigen, für … na ja, den Unfall, du weißt schon. Tut mir echt leid wegen deines Handys. Schmerzt dein Ellbogen sehr?«

»Passt schon«, blafft sie, ohne genau zu wissen, warum sie so unfreundlich zu ihr ist. Peti dreht sich ohne ein weiteres Wort auf dem Absatz um und läuft davon. Fritzi schaut ihr nach und bereut es … Sie hätte nicht so hart sein müssen, aber wer wird schon gern bei Selbstgesprächen ertappt?!

Sie scrollt durch Insta, das gesprungene Display ihres Handys nervt. Den neusten Beitrag in ihrem Verlauf kann sie trotzdem erkennen. Es ist ein Foto von Lou und Emma, wie sie vor den skatenden Neuntklässlern posieren. Wie affig ist das bitte?!

Fritzi schreibt einen Kommentar: *Ich dachte, Skaten ist kindisch?* Dann löscht sie den Text wieder und überlegt noch mal. *Ziemlich kindisch, oder?* Sie löscht den Text erneut, und lässt sich von ihren Füßen zurück ins Klassenzimmer tragen. Eine Doppelstunde Mathe und zwei Stunden Musik ziehen vorüber, wie Schall und Rauch und ohne, dass sie sich für einen Kommentar entscheiden kann.

Auf dem Heimweg klebt sie immer noch an ihrem Handy. Auf Lous Profil entdeckt sie mehr und mehr Fotos von Emma und Lou. Ohne Ende Fotos sogar, von den beiden auf den Kanaren. Zum Brechen, diese Glitzernagellack-Lippenstift-Kussmund-Fotos. Vor wenigen Wochen haben sich Fritzi und Lou noch genau darüber lustig gemacht, und jetzt?! Macht Lou auf jedem zweiten Foto ein Duckface.

Doch dann entdeckt Fritzi ein anderes Foto. Ohne Glitzer. Mit Steinen in den Sand gelegt steht da *BFF – Best Friends Forever* – geschrieben und verlinkt sind Emma und Lou. Es schnürt ihr die Kehle zu. Wie konnte ihr dieses Bild entgehen? Der halbe Jahrgang hat es geliked. Unglaublich.

Auf allen Vieren

»Huhu, Fritzi!«, schallt Frau Peschels Stimme zu ihr herüber.

»Hallo, Frau Peschel!« Fritzi winkt ihr halbherzig und will weitereilen. Sicher hat Frau Peschel schon mit der ganzen Stadt über ihren Unfall gesprochen.

»Ich bin so froh, dass du nicht im Krankenhaus liegst!«, ruft Frau Peschel quer über die gesamte Einkaufsstraße. »Wenn man so blind ist wie die kleine Nowak, sollte man einfach kein Fahrrad fahren.« Sie schüttelt in gespielter Empörung den Kopf. »Hast du schon was von Clara Vanzetti gehört?«

»Sie heißt Chiara, nicht Clara.«

»Sag ich doch, Kindchen! Sind ihre Verbrennungen denn sehr schlimm?«

»Verbrennungen?!«

»Meine Güte, du siehst aber auch schlimm aus. Ist das alles Blut?«

»Ähm.«

»Du tapferes Ding, warte schnell, ich geb dir was für deine Mutter mit!« Ehe Fritzi widersprechen kann, verschwindet Frau Peschel schon in ihrem Laden und ist keine Sekunde später wieder zurück. »Das ist ein Wildlachs!

Ganz frisch. Vielleicht ist das ja was für euren Mittagstisch, ich kann mehr davon besorgen! Sie soll mich gleich anrufen und vorbestellen.« Frau Peschel drückt Fritzi den langen Fisch, eingewickelt in Zeitungspapier, in den Arm wie ein Baby. Sie rümpft die Nase, aber als sie aufblickt, ist Frau Peschel schon mit ihrer nächsten Kundin zugange. »Frau Alberti, wie hat der Zander geschmeckt?«

Fritzi verstaut den Fisch ein wenig angewidert in ihrem Rucksack und lauscht dem Gespräch.

»Sie wissen ja, wie das ist, mein Kopf ist ein Sieb. Vor allem wenn man so verstörende Nachrichten aus der Schule hört. Es hat einen Fahrradunfall gegeben. Die Kleine von Kommissar Nowak hat zwei Schülerinnen umgefahren, eine soll sogar Feuer gefangen haben, fragen Sie mich bloß nicht nach Details. Nicht schön so was, ich fürchte, sie wird künftig kein Fahrrad mehr fahren dürfen.«

Fritzi kann über diese Erzählungen nur den Kopf schütteln und läuft die Einkaufsstraße entlang. Ohne darüber nachzudenken, stoppt sie vor dem Schaufenster des Klamottengeschäfts und späht hinein. Zwischen unzähligen Kleiderständern stehen zwei Freundinnen und lachen. Sie zeigen sich bunt gemusterte Kleider und haben den Spaß ihres Lebens. Als sie genauer hinsieht, schrumpft Fritzis Herz auf die Größe einer schrumpeligen Rosine. Die beiden Mädchen sind Emma und Lou. Sie laden sich die Arme mit Kleidern voll, und sie steht hier draußen vor dem Fenster und guckt ihnen einfach zu, sie glotzt beinahe. Am liebsten würde sie wegrennen, ganz weit weg, aber ihre Füße gehorchen ihr nicht. Lou kommt dem Schaufenster gefährlich nahe, gleich wird sie sie entdecken. Vielleicht ist alles ja auch gar nicht so schlimm, wie Fritzi gerade denkt, vielleicht wird Lou sie angrinsen und hereinwinken? Sie fängt den skeptischen Blick der Schaufensterpuppe auf. Während sie mit dem Gesicht inzwischen beinahe an der Scheibe klebt, nähert sich Lou nun tatsächlich. In letzter Sekunde springt Fritzi zur Seite und lehnt sich keuchend gegen die Hauswand. Hat Lou sie gesehen?! Sie späht erneut ins Innere des Ladens. Emma und Lou haben nichts bemerkt. Puh. Das war knapp. Durch die Glasscheibe dringt unverständliches Gerede nach draußen. Sie wüsste nur zu gern, worüber die beiden sprechen …

Die Entscheidung fällt schneller, als ihr Gehirn eingreifen kann. Fritzi betritt das Geschäft und versteckt sich hinter dem nächstbesten Wühltisch. Emma und Lou sehen sie nicht. Sie gucken auf Lous Handy und gackern wie die Hühner. Worüber lachen die denn so? Bestimmt über ein Pannen-Video oder über tapsige Tierkinder. Lou liebt tapsige Tierkinder. Wie ferngesteuert sinkt Fritzi auf die Knie und krabbelt unter den Kleiderständern hindurch.

Emma redet wie immer viel zu laut: »… und dann hab ich in den ersten Ferienwochen Kohlsuppendiät gemacht.«

Fritzi macht es sich auf Höhe der beiden unter dem Jeansständer bequem und lauscht dem Gespräch. Kohlsuppendiät, ist das ihr Ernst?!

»Das klingt echt fies«, antwortet Lou. Unter dem Kleiderständer nickt Fritzi zustimmend, es klingt wirklich fies!

»Findest du auch, hier stinkt es irgendwie plötzlich total nach Fisch?«, hört sie Lou fragen. Fritzi stockt der Atem. Der Wildlachs! Urgs.

»Mhm, ein bisschen, aber vielleicht nur, weil ich über Essen rede? Also pass auf …« Emma erzählt weiter, als wäre eine Kohlsuppendiät etwas, worauf man stolz sein könnte. Für Fritzi fühlt es sich beinahe an, als wäre sie Teil von Emmas und Lous Shoppingtour. »Man schnippelt den Kohl in kleine Stücke und kocht ihn. Ich habe jeden Tag ein anderes Gewürz drangemacht, um ein wenig Abwechslung zu haben. Ich schwör dir, sonst musst du schon am zweiten Tag kotzen.«

»Oh.«

»Halb so wild. Mit den Gewürzen geht es dann. Ingwer kann ich allerdings nicht empfehlen.«

»Was macht der Ingwer?«, fragt Lou.

»Das willst du nicht wissen!«, stöhnt Emma vielsagend.

»Hat die Diät denn was gebracht?«

»Bestimmt nicht«, murmelt Fritzi unter dem Jeansständer.

»Ja, meeega!«, tönt Emma begeistert. »Ich hatte ruckzuck zwei Jeansgrößen kleiner. So cool!«

Emma nimmt eine Jeans von dem Ständer, unter dem Fritzi sich versteckt hält. Ihr entfährt vor Schreck ein leises: »Oh.«

Emma und Lou tauschen einen irritierten Blick.

»Was war das?«, fragt Emma. Die beiden Mädchen sehen sich um, sie sind weit und breit die Einzigen in dem Geschäft. Lou zuckt mit den Schultern.

»Na ja, egal, die restlichen Ferien hab ich mir dann immer mal wieder ein Joghurteis gegönnt …«

Fritzi atmet auf.

Emma brabbelt weiter: »Jetzt bin ich wieder da, wo ich vorher war. Aber direkt nach der Diät war das Ergebnis echt super! Musst du auch mal probieren!«

Fritzi schnaubt. »Ganz bestimmt nicht!«

»Hast du das auch gehört?«

Fritzi bricht der Schweiß aus. Sie muss hier weg und zwar dalli. Wenige Meter entfernt ist ein Klamottenständer mit langen Kleidern – super Versteck! Sie krabbelt los, doch dann stellen sich ihr plötzlich zwei pinkfarbene Glitzerstiefel in den Weg.

»Na sieh mal einer an!«

Fritzi blickt nach oben, geradewegs in Emmas geschminktes Gesicht.

»Wusste ichs doch, dass ich was gehört habe.« Sie grinst gehässig und Fritzi hat fast den Eindruck, dass dabei etwas von der dicken Make-up-Schicht herunterrieselt.

Lou taucht neben Emma auf. Ihr klappt der Mund auf. »Fritzi?! Was machst du denn da?«

»Ich, ähm …«, ihre Gedanken überschlagen sich. Sie braucht eine Ausrede! Ganz dringend etwas Schlaues. Jetzt!

»Wenn du mich fragst, belauscht sie uns«, stellt Emma fachmännisch fest. »Oder putzt du hier?«

Fritzi schüttelt peinlich berührt den Kopf.

»Was machst du da unten?«, fragt Lou erneut und gibt sich keine Mühe, ihre Verärgerung zu verbergen.

Zum ersten Mal seit sechs Wochen schaut Lou ihr direkt in die Augen. Fritzi wird heiß und kalt. Sie öffnet den Mund, um zu antworten, und sucht dabei noch nach Worten: »Ich? Ja ... was mach ich hier? Ich, ich suche was.«

»Du suchst was?«, wiederholt Emma abschätzig. »Als ob! Du belauschst uns, gibs zu, Fritzi!«

Lou blickt von Emma zu Fritzi und wieder zurück. »Was suchst du denn?«, will Lou wissen, als würde sie ihr gerne glauben. Fritzi öffnet den Mund, doch es kommt kein Wort heraus. Emma und Lou sehen sie an, als wäre sie völlig belämmert. Sie muss jetzt etwas sagen, irgendwas! Etwa die Wahrheit?! Wie aus dem Nichts, ertönt plötzlich eine Stimme aus dem nebenstehenden T-Shirt-Ständer.

»Ich haaab ihn!«

Fritzi, Emma und Lou schauen sich überrascht um. Chiara Vanzetti kämpft sich unter dem T-Shirt-Ständer hervor, reißt ihn dabei um, lässt ihn davon unbeirrt hinter sich liegen und krabbelt über den Boden des Klamottengeschäfts zu ihnen herüber. Sie hält Fritzi strahlend einen silbernen Ring entgegen. Sein dunkelblauer Stein funkelt ebenso geheimnisvoll wie Chiaras dunkelbraune Augen. Emma und Lou gucken dumm aus der Wäsche.

»Chiara«, stammelt Fritzi völlig verwirrt.

»Danke, dass du mir beim Suchen geholfen hast!«, ruft Chiara und blinzelt ihr verschwörerisch zu. »Der Ring bedeutet mir alles!« Sie zieht ihre Nummer knallhart durch und ist dabei obendrein auch noch ziemlich überzeugend. »Echt cool von dir.«

»Gern geschehen!«, antwortet Fritzi verblüfft.

Chiara steckt sich ihren Ring an den Finger, klopft sich die Hände ab und streckt Fritzi eine Hand entgegen. »Also wollen wir dann los?« Fritzi lässt sich von Chiara auf die Füße helfen und nickt. »Na dann, ciao, Ladies, viel Spaß beim Shoppen.« Chiara stolziert hoch erhobenen Hauptes aus dem Geschäft, als wäre sie die Königin persönlich. Fritzi eilt ihr hinterher. Sie könnte überschäumen vor lauter Aufregung. Sie verlassen grinsend und schweigend das Geschäft.

Kaum sind sie um die nächste Straßenecke, bricht es aus Fritzi heraus: »Bist du irre?! Wie cool war das denn? Du hast mir da gerade das Leben gerettet, weißt du das?!«

Chiara lässt sich von Fritzis Begeisterung anstecken und sie lachen sich kaputt.

»Hast du gesehen, wie die geguckt haben?!«

»Die waren völlig baff.«

»So cool! Danke, Chiara. Danke!«

Chiara winkt ab. »Gern geschehen!«

Fritzi atmet tief durch, so langsam kriegt sie sich wieder ein. »Wahnsinn, wie du schauspielern kannst!«

Chiara errötet.

»Echt Hammer. Ich weiß nicht, ob mir jemals jemand so sehr aus der Patsche geholfen hat.«

Chiara strahlt bis über beide Ohren. »Das Gleiche hast du doch heute morgen auch für mich gemacht.«

»Ich hab dir bloß meinen Pulli geliehen. Das eben war ...«, sie sucht nach Worten, »... eine Meisterleistung!«

»Wollen wir zusammen ein Eis essen?«, fragt Chiara lächelnd.

Fritzi zögert. »Ich muss eigentlich zum Mittagessen nach Hause.«

Chiara wirkt mit einem Mal wieder ganz schüchtern. Sie nickt verständnisvoll und sieht zu Boden.

»Aber wenn du magst, komm doch einfach mit«, schlägt Fritzi vor.

Wenig später sitzen die beiden auf der Terrasse der Grünen Gans und lassen es sich schmecken. Der blaue Ring funkelt an Chiaras Finger.

»Eines musst du mir verraten, woher wusstest du, dass ich da in der Klemme stecke?«

»Ich ...«, Chiara beißt sich verlegen auf die Lippe, »ich weiß nicht, wie ich dir das erklären soll.«

»Wird schon nicht so schlimm sein, oder?«

»Ich bin dir nachgelaufen.« Sie errötet. »Ich wollte dich nicht verfolgen oder so, falls du das denkst! Ich wollte dich die ganze Zeit ansprechen, aber jedes Mal, wenn ich dachte, jetzt, warst du schon wieder weg.«

Fritzi grunzt belustigt.

»Sauer?«

»Quatsch.«

»Echt?«

»Ich bin Lou doch selbst hinterhergelaufen und hab sie übrigens auch belauscht.«

»Aber ihr kennt euch schon länger, oder? In der Schule reden alle darüber, dass ihr zwei eigentlich immer miteinander unterwegs wart.«

»Eigentlich«, Fritzi schnaubt, »eigentlich waren wir beste Freundinnen.«

»Was ist passiert?«

»Ich hab keinen blassen Schimmer.«

»Habt ihr gestritten?«

Fritzi schüttelt den Kopf. »Wir haben uns die ganzen Ferien nicht gesehen.«

»Das ist ja komisch. Und jetzt geht sie dir einfach aus dem Weg?«

Fritzi nickt. »Sie kommt mir wie ausgewechselt vor, wie kann man sich denn in sechs Wochen so sehr verändern?«

»Bestimmt ist es die Pubertät. Man weiß nie, was sie aus einem macht! Meine eine große Schwester ist mit vierzehn von einem Tag auf den anderen völlig durchgedreht. Sie hat nur noch in den Spiegel geschaut. Stundenlang.«

»Pubertät macht einen richtig bescheuert, oder? Ich hab da wirklich gar keine Lust drauf.«

Chiara überlegt laut: »Ich schätze allerdings, wir sind schon voll drin. Also ich jedenfalls. Pickel, Periode, das volle Programm.«

»Und? Wie ist es?«

»Eigentlich recht harmlos. Ich mag meinen neuen Busen. Vorher haben immer alle gesagt, ich wäre mopsig, jetzt bin ich weiblich und kurvig.« Chiara fährt sich stolz mit den Händen ihre Taille entlang, als wäre sie ein Topmodel. »Das find ich richtig cool! Meine Schwester hat mir auch ihre ganzen BHs geschenkt, die sind so schön!«

»Aha, echt? BHs gibts auch in schön?«

»Ja! Wart mal ab. Meine Schwestern kennen sich eigentlich mit fast allem aus, die kannst du immer fragen!«

»Wie viele Schwestern hast du denn?«

»Vier. Wenn du magst, komm doch mal bei uns vorbei, dann schneide ich dir die Haare.«

»Kannst du das?«

»Na klar.«

»Fritzi, du hast Besuch«, ertönt die Stimme ihrer Mutter. Die Mädchen sehen sich um. In der Terrassentür steht Lou und lächelt ein stocksteifes, komisch verlegenes Plastiklächeln, dass Fritzi nie zuvor an ihr gesehen hat.

»Was machst du denn hier?«, fragt Fritzi überrascht.

»Ich bring euch Limonade«, verkündet Ulla.

»Für mich nicht, ich muss meinen Eltern im Geschäft aushelfen«, ruft Chiara schnell. »Bis dann, Fritzi!«

»Sehen wir uns morgen?«

Chiara nickt und winkt zum Abschied. »Si, certo!«

Kaum ist sie weg, lässt Lou sich auf ihren Stuhl fallen, als wäre es ihrer. »Ist das deine neue Freundin?«, fragt sie und klingt dabei irgendwie abfällig.

»Ist Emma deine neue Freundin?«

»Ich frag ja nur«, antwortet Lou und guckt sich auf der Terrasse um. »Habt ihr umgestellt?«, etwas Vorwurfsvolles schwingt in ihrer Frage mit.

»Hätten wir dich vorher um deine Meinung bitten sollen?!«, blafft Fritzi zurück.

»Wow, bist du sauer oder so was?!«

»Dasselbe könnte ich dich fragen.«

»Jetzt mach mal nicht so 'ne Welle hier.«

Fritzi schnaubt. »Ich mach keine Welle, du hast mich voll auflaufen lassen.«

»Weil ich keinen Bock auf deinen Plan hatte?«

»Meinen Plan? Die Latein-Idee war doch von dir!«

»Kann sein, aber dann wollte ich eben doch nicht Latein nehmen.«

»So wie du jetzt plötzlich auch kein Longboard mehr fahren willst?«

»Ja, ungefähr so.«

»Und warum hast du mir nicht einfach Bescheid gesagt? Vielleicht hätte ich auch lieber Französisch oder Spanisch genommen, hast du daran mal gedacht?«

»Wenn du es genau wissen willst, ich brauchte einfach mal Abstand.«

»Abstand? Von mir?«

»Ja! Mit dir ist einfach alles so ...«

»So was?«

»Ach, vergiss es.«

»Jetzt sag schon!«

»Ich bin nicht hier, um mit dir zu reden.«

»Ach nein? Warum dann?«

»Weil ich mein Lieblings-Shirt zurückhaben will.«

»Welches Shirt?«

»Das, was du anhast!«

»Jetzt?«

Lou nickt. Fritzi steht ruckartig vom Tisch auf, zieht sich das Shirt über den Kopf, schleudert es ihr in den Schoß und steht im Sport-Top auf der Terrasse.

»Da hast du es.«

Fritzi blickt Lou direkt in die Augen, sie wartet auf eine Regung, einen Moment der Wärme, auf ein klitzekleines Zeichen der Vertrautheit, doch da kommt nichts. Lous Blick ist so kalt wie ein Eiswürfel. Fritzi erträgt ihre Anwesenheit nicht länger.

»Und jetzt gehst du besser!« Ihre Stimme klingt seltsam hart, so kennt sie sich selbst gar nicht und auch Lou wirkt ein wenig erschrocken. Sie greift ihr T-Shirt und hastet wortlos über die Terrasse davon.

Ulla tritt gerade mit zwei Gläsern Limonade aus dem Haus und blickt Lou über ihre Schulter hinweg nach. Fritzis Wangen glühen, ihre Hände hingegen sind eiskalt.

Wut und Enttäuschung brodeln in ihrer Brust. Als ihre Mutter sich ihr zuwendet, fühlt es sich an, als würde ihr forschender Blick Fritzis Inneres zum Überkochen bringen.

»Die soll bloß nicht denken, dass ich ihr auch noch eine Sekunde lang hinterhertrauere!« Ein winziges Tränchen bahnt sich seinen Weg aus Fritzis Augenwinkel. Ulla stellt die Gläser ab und nimmt sie in den Arm. Der Damm bricht und eine Flut von Tränen strömt Fritzis Wangen hinab.

»Ich verstehe einfach nicht, was sie plötzlich gegen mich hat«, schluchzt sie, ihr Atem geht unregelmäßig und sie zittert.

»Atmen, Süße, atmen.« Als Fritzi sich ein wenig beruhigt hat, streicht Ulla ihr durchs Haar. »Ich glaube, dass kann man nicht verstehen. Versuch, bei dir zu bleiben und auf deinen Bauch zu hören.«

Fritzi presst ihr Gesicht gegen die Schulter ihrer Mutter.

»Chiara macht doch einen sehr netten Eindruck, oder?«

Fritzi nickt unter Tränen. Ulla reicht ihr ein Taschentuch und drückt ihr einen dicken, tröstlichen Kuss auf die Stirn. Fritzi schließt die Augen und will den unverwechselbaren Geruch von Mama einatmen, doch statt Mama riecht sie bloß – Fisch. ›Der Wildlachs‹, fällt es ihr siedend heiß wieder ein. Sie öffnet ihren Rucksack, Fischdunst schlägt ihr entgegen. Fritzi schnappt nach Luft. Die Zeitung, in die Frau Peschel den Fisch gewickelt hat, hängt durchgesifft in ihrer Schulmappe und der Fisch hat es sich zwischen ihren Heften bequem gemacht. Sie hebt ihn mit spitzen Fingern heraus und reicht ihn ihrer Mutter.

»Ich glaube, da fehlt noch was!«, bemerkt Ulla ebenso belustigt wie angewidert.

Fritzi wirft einen Blick in ihren Rucksack. Auf dem Boden steht zwei Finger hoch die Fischsuppe, darin schwimmt ein Auge und glotzt sie an. »Iiih, oh nein!«

POMMES SCHRANKE

Die erste Schulwoche nach den großen Ferien ist wie im Flug vergangen, die letzte Stunde vor dem Wochenende hingegen zieht sich wie Kaugummi. Von draußen knallen die vielleicht letzten Spätsommersonnenstrahlen in das aufgeheizte Klassenzimmer. Frau Fiedelbrecht hat sich in den Kopf gesetzt, ihren Schülern noch einen anständigen Chorgesang von »Laudato si« abzuringen, bevor sie die Klasse an diesem Freitag entlässt.

Chiara lehnt sich zu Fritzi hinüber. »Merkt die nicht, dass hier niemand mehr mitmacht?«

»Keine Ahnung, wie lange die das noch probieren will.« Fritzi lässt Luft durch ihre Lippen entweichen. »Wie ich die Fiedelbrecht kenne, macht die das jetzt mit uns, bis uns übel wird.«

Die Gruppe vor Fritzi und Chiara schließt gerade mit »O mio signore« und dieses Mal sind es die beiden, die ihren Einsatz verpassen.

»Fritzi, Chiara, das ist doch doof. Echt mal.« Frau Fiedelbrecht stemmt verärgert die Hände in die Hüften. »Jetzt hätten wir es beinahe geschafft. Leute, reißt euch doch mal zusammen! Ich weiß, gleich ist Wochenende und ihr wollt wahrscheinlich alle ins Freibad, aber nun konzentrieren wir uns noch ein letztes Mal. Okay?«

Durch den Raum klingt mehr oder weniger zustimmendes Gemurmel.

»Okay?!«

Die Klasse reagiert genauso träge wie zuvor.

»Das heißt: Ja, Frau Fiedelbrecht«, ruft sie inbrünstig. »Und jetzt hätte ich gerne eine Knaller-Chorrunde. Im Gegenzug verzichte ich auf Hausaufgaben. Also los.« Sie klatscht in die Hände und zählt: »Eins, zwei, drei!«

Und plötzlich klappt es, die ganze Klasse gibt ein beinahe einstimmiges »Ja, Frau Fiedelbrecht« von sich und die junge Lehrerin strahlt übers ganze Gesicht. »Na also, geht doch! Und jetzt zusammen: Laudato si …«

Tatsächlich machen nun alle Schüler mit, oder zumindest fast alle. Die zierliche Lehrerin singt aus voller Kehle und springt wie ein aufgedrehter Grashüpfer vor ihnen rum. Voller Begeisterung unterstützt sie jede Gruppe bei ihrem Einsatz.

Als auch die letzte Gruppe geendet hat, klatscht Frau Fiedelbrecht glücklich Beifall und ruft: »Danke, Leute, ich wusste doch, dass ihr es draufhabt, und jetzt ab ins Wochenende!«

Noch bevor es gongt, sind Fritzi und Chiara im Freien.

»Ich mag sie einfach.«

»Ich auch!«, stimmt Chiara zu. »Kein Vergleich mit Stinke-Molli!«

»Als er gestern meine Hausaufgaben kontrolliert hat, bin ich fast gestorben. Was meinst du, wie viele Tage am Stück darf man sich nicht die Zähne putzen, um so zu stinken?«, überlegt Fritzi laut.

»Ich hab keine Ahnung, aber schon bei der Vorstellung wird mir schlecht.«

»Wir könnten uns Nasenklammern zulegen, weißt du, solche, die man auch beim Profischwimmen benutzt«, schlägt Fritzi vor.

Chiara lacht. »Apropos Profischwimmen: Freibad ist 'ne super Idee, wenn du mich fragst!«

»Ich wollte eigentlich endlich mal wieder boarden gehen. Ich war die ganze Woche kaum.«

»Und dann musst du das ausgerechnet heute machen?«

»Samstags und sonntags ist auf den Straßen, die vom Feldberg herunterführen, einfach zu viel los. Alles voll mit Motorrädern, das erlaubt meine Mutter nicht.«

»Dann geh doch am Montag. Bitte!« Chiara legt ihren Hundeblick auf. »Das ist vielleicht der letzte schöne Spätsommertag. Außerdem würde ich dir so gerne meinen Badeanzug zeigen. Du glaubst nicht, wie heiß ich da drin aussehe!«

»Haha!«

»Ohne Witz! Gegen mich in meinem Leo-Badeanzug können diese Bohnenstangen von Eiscafé-Tussis einpacken!«

Fritzi lacht und Chiara grinst breit. Sie passieren das große gusseiserne Eingangstor der Herzberg Gesamtschule.

»Ach Mist. Ich kann ja sowieso noch nicht los.«

»Warum?«

»Ich muss auf meine kleine Schwester warten.« Fritzi zuckt entschuldigend mit den Schultern. »Hab ihr versprochen, dass wir zusammen nach Hause gehen.«

»Ist sie das nicht schon?« Chiara nickt Richtung Schulhof. Marlene kommt mit wild schwingender Handtasche und großem Ordner unter dem Arm auf sie zu.

»Wartet ihr auf mich?«, fragt sie begeistert.

Fritzi nickt.

»Du bist die Beste, Schwestilein.« Sie schlingt die Arme um Fritzis schmale Hüften. »Und du bist sicher Chiara!«

Chiara nickt.

»Ich hab dich neulich bei uns zu Hause gesehen«, flüstert Marlene, als ginge es um ein Geheimnis. »Und natürlich hier auf dem Schulhof. Und ich war auch schon mal bei euch im Friseursalon.«

»Ah echt?«, antwortet Chiara freudig überrascht.

Sie nickt heftig.

Fritzi schüttelt den Kopf. »Erzähl doch keinen Quatsch, Lene.«

»Doch, ich wollte mir einen Termin machen, habs dann aber doch nicht getan.«

Fritzi und Chiara tauschen einen vielsagenden belustigten Blick.

»Und warum hast du überhaupt mein Lieblings-T-Shirt an?!«

»Das ist deins?«

»Ja-ha, und das weißt du genau!«

»Upsi, ist mir wohl entgangen. Was habt ihr jetzt vor?«

»Eigentlich war ich gerade dabei, deine Schwester zum Freibad zu überreden. Was sagst du dazu?«

»Heißt das, ihr nehmt mich mit?!«

Chiara nickt und zuckt gleichzeitig mit den Schultern, als wisse sie nicht, was dagegensprechen könnte. »Klar, wenn du möchtest.«

»Ich bin so was von dabei!«, antwortet Marlene wie aus der Pistole geschossen und scheint ihr Glück kaum fassen zu können.

Chiara grinst Fritzi breit an und sagt: »Du bist überstimmt, würde ich sagen.«

»Na gut, dann eben Freibad!«

Wenig später gehen die drei durch das rostige alte Drehtor ins Freibad. Ringsum auf den Wiesen liegen überall bunte Handtücher in kleinen Flickenteppichen zusammen. Im Wasser ziehen Frau Peschel mit Badehaube und ihre Freundinnen tratschend ihre Bahnen. Im Springerbecken tummeln sich kreischende Jugendliche und im Babybecken wimmelt es nur so von planschenden Babys und ihren Müttern.

»Wo gehen wir hin?«, will Chiara wissen.

»Auf den Hügel vor das Volleyballfeld«, antwortet Fritzi und übernimmt die Führung.

»Guck mal, da!«, Marlene stößt ihre Schwester unsanft in die Seite und deutet zur Pommesbude hinüber. Die Schlange davor reicht schon bis zum Bademeisterhäuschen.

»Wir können ja mit den Pommes noch einen Moment warten, oder hast du schon so doll Hunger?«, fragt Fritzi.

»Das meine ich doch gar nicht, du Blindfisch.«

Jetzt sieht Fritzi es auch. Ganz am Ende der Schlange stehen Emma, Lou, Mandy und Doro. Alle vier tragen den gleichen, viel zu knappen Bikini.

»Ach du Schande. Das Höschen zeigt ja den halben Hintern!«

»Also wenn ihr mich fragt, hat so wenig Stoff es überhaupt nicht verdient, Höschen genannt zu werden, das ist bestenfalls ein Stoffrest.«

Fritzi versucht, sich das Lachen zu verkneifen und dabei kommt ein tiefes Grunzen aus ihr heraus, was wiederum Marlene zu einem albernen Prustanfall verleitet. Chiara kichert in sich hinein.

Sie erreichen ihre Stelle auf dem Hügel. Ringsum liegen zwar ein paar Handtücher, gerade sind die drei aber ganz allein dort. Chiara schaut sich zufrieden um. »Von hier aus haben wir den perfekten Überblick.«

»Besonders groß ist das Freibad ja auch nicht.«

»Kommt ihr mit ins Wasser?«, fragt Marlene ungeduldig. »Ich krieg gleich 'nen Hitzschlag.«

»Guck mal, da vorne am Dreier ist Lilli.« Fritzi deutet zum Sprungturm hinüber.

»Ah cool! Dann bis später, Mädels!« Marlene winkt wild mit beiden Armen und springt den Hang hinunter über die Wiese zu ihrer Klassenkameradin. Fritzi breitet ihr Handtuch aus und schlüpft aus ihren schwarzen Vans mit den weißen Streifen. Chiara blickt Marlene hinterher. »Deine Schwester ist so lustig.«

»Du meinst, nervig?«

»Nee, die ist lustig.«

»Ich finde es, ehrlich gesagt, nur mittel lustig, dass sie mir andauernd Klamotten aus meinem Schrank klaut. Alles. Sogar Unterhosen, obwohl sie ihr gar nicht passen!«

Chiara nickt mit dem Kopf. »Das kenne ich!«

»Deine älteren Schwestern klauen dir Klamotten?«

»Nein, ich ihnen!« Sie lacht. Fritzi grinst kopfschüttelnd. Chiara zieht ihr Kleid über den Kopf und zeigt ihren figurbetonten Leo-Muster-Badeanzug mit tiefem Rückenausschnitt.

»Wow! Der steht dir aber gut!«, sagt Fritzi.

Chiaras Kurven sind schön. Im Gegensatz zu Fritzi hat sie schon einen richtigen Busen.

»Mir gefallen die Blumen auf deinem!«, gibt sie zurück. Fritzi trägt einen sportlich geschnittenen Bikini mit großen bunten Hawaiiblumen.

»Du hast ja richtig Muckis«, stellt Chiara beeindruckt fest.

»Ach das«, Fritzi winkt ab. »Die kommen vom Longboarden. Wenn es steiler wird, muss man echt gut in den Knien bleiben. Schau, so.« Sie stellt sich auf ihr Longboard, das ein Stück weiter im Gras liegt, und geht so tief in die Knie, wie sie kann.

»Und so fährst du den ganzen Berg runter?«

»Ja, und du wirst so schnell, dass deine Augen tränen und rundherum alles verschwimmt.« Fritzi schließt die Augen und breitet die Arme aus, als würde sie fliegen. »Hinterm Bauchnabel sprudelt es dann wie 'ne geschüttelte Cola.«

»Du bist verrückt.«

»Probier das doch auch mal!«

»Ich?«

»Ja! Das wär so cool, dann könnten wir zusammen fahren gehen! Es gibt da so einen Film. Der heißt ›Longboard Girls Crew‹. Sieben Longboarderinnen aus aller Welt fahren mit einem alten VW-Bus durch Spanien. Den gibts auf YouTube. Wenn du den angesehen hast, dann willst du nichts anderes mehr.«

»Ich weiß nicht …«

»Bitte!«

»Ich bin echt unsportlich«, gibt Chiara zu und wirkt mit einem Mal beinahe schüchtern. Sie packt ihre Sonnencreme aus und beginnt, sich einzuschmieren.

»Das macht nichts, du musst ja auch nicht gleich die Berge runterjagen. Man kann auch ganz gemütlich fahren. Du kannst sogar auf dem Longboard tanzen.«

»Tanzen?«

»Ja, eine von der ›Longboard Girls Crew‹ macht das auch! Guck dir das an, das ist so schön!«

»Okay, ich schaus mir an. Willst du Sonnencreme?«

Fritzi schüttelt den Kopf. »Hab schon, danke!« Sie kramt eine große Tupperdose aus ihrem Rucksack hervor.

»Möchtest du ein Stück Melone?«

»Oh ja, gerne!«

So sitzen die beiden nebeneinander und spucken Melonenkerne in die Luft.

»Fühlt sich gerade voll an wie Sommerferien, oder?«

»Ja, schade, dass wir das nicht den ganzen Sommer zusammen gemacht haben!«

Fritzi nickt und streckt das Gesicht in die Sonne. »Da hast du recht!«

Chiara sieht sich um. »Schau mal, wer da kommt.«

»Oh nein, haben die etwa die Handtücher genau neben uns?«

»Sieht ganz danach aus.«

»Na bravo.«

»Hätten wir uns eigentlich denken können. Hast du die Motive auf den Handtüchern gesehen? Barbie, diese Kardashian-Tussi und was ist das da noch?« Chiara versucht, einen Blick auf die beiden anderen Handtücher zu werfen.

Fritzi verschränkt die Arme vor der Brust. »Dua Lipa. Lou liebt Dua Lipa.«

»Ach du Schande.«

»Und wenn die jetzt denken, dass wir wegen denen umziehen, haben sie sich getäuscht«, brummt Fritzi mehr zu sich als zu Chiara.

»So gefällst du mir.«

»Warum lachen die denn so laut?«, will Fritzi wissen.

»Na, damit jeder mitbekommt, dass sie am meisten Spaß von allen haben.«

»Aha.«

»Aber wenn du mich fragst, hat Lou mit denen gar keinen Spaß. Siehst du, wie sie die ganze Zeit an ihrem Höschen rumfummelt?«

Fritzi kichert amüsiert. »Sie weiß ganz genau, dass das Ding zu klein ist und komisch aussieht.«

»Ich stelle es mir auch richtig unbequem vor. Mit dieser Schnur zwischen den Pobacken.«

»Wenn ihr Vater sie so sehen könnte, würde sie bestimmt zehn Wochen Hausarrest kriegen!«

»Echt? Ist der so streng?«

»Bei so was schon.«

»Meine Eltern auch.«

»Ich glaube, meinen ist egal, was ich anziehe«, überlegt Fritzi laut.

»Guck mal, guck! Jetzt füttern sie sich! Teilen die sich etwa zu viert eine Portion Pommes?« Chiara hat Mühe, die Fassung zu bewahren.

Fritzi wirft nur einen flüchtigen Blick zu Lou und den Eiscafé-Tussis hinüber. Tatsächlich, die vier schieben sich gegenseitig Pommes in den Mund und finden es scheinbar richtig toll. »Wie affig ist das denn?!«

»Ich kann da gar nicht hingucken«, kichert Chiara.

»Weißt du, wie wenig Ketchup und Mayo da drauf ist? Und das nennen die Pommes Schranke?«

Fritzi kann ein Lachen kaum unterdrücken. »Komm, wir gehen ins Wasser.«

Sie springen von ihren Handtüchern auf und laufen die paar Meter zum Becken hinunter. Marlene und Lilli üben gerade Kerze und Köpper. Fritzi spurtet an ihrer Schwester vorbei auf den freien Dreier, springt ab und macht mühelos einen Salto vorwärts ins Becken hinein. Glücklich taucht sie auf und sieht, wie Chiara am Beckenrand applaudiert.

»Wie krass bist du denn?«

Fritzi lacht, taucht unter, damit ihre Haare alle glatt nach hinten schwimmen und kommt vor Chiara wieder hoch.

»Respekt, Fritz!«, tönt Torben im Vorbeigehen. Yessin verpasst Chiara einen Schubs und sie landet neben Fritzi im Becken, schafft es aber, den Kopf über Wasser zu halten.

»Wenn du denkst, dass ich jetzt 'ne Wasserschlacht mit dir mache, hast du dich geirrt!«

»Uh, Vanzetti macht auf Diva!«, johlt Yessin.

»Drehen wir eine Runde?«, fragt Fritzi.

Chiara nickt. Sie schwimmen nebeneinanderher und beobachten das Treiben ringsum.

»Ich fürchte, ich muss gleich mal um Hilfe rufen.«

»Was? Warum das denn?«, fragt Fritzi besorgt.

Chiara deutet auf den Bademeisterhochsitz. »Der Bademeister ist nicht von schlechten Eltern, oder?«

Dort oben sitzt Jannik in roter Badehose, mit Basecap auf dem Kopf und Trillerpfeife um den Hals.

Fritzi lacht. »Das ist Petis Bruder.«

»Ohne Klamotten sieht der irgendwie anders aus.«

»Stehst du auf den?«

»Also eigentlich ist er gar nicht mein Typ. Aber meine Nonna sagt, man weiß nie, in welcher Gestalt einem die große Liebe begegnet.«

»Von mir aus erst mal gar nicht«, murmelt Fritzi.

»Wenn ich so daran denke, kann ich es eigentlich kaum erwarten.« In Gedanken an ihre große Liebe strahlt Chiara über das ganze Gesicht, da kommt wie aus dem Nichts plötzlich ein Buch angeflogen und knallt ihr mit voller Wucht gegen die Schläfe. Fritzi sieht, wie ihre neue Freundin so seltsam die Augen verdreht, dass man nur noch das Weiße sieht und dann in sich zusammensackt.

»Chiara? Hey! Chiara! Hilfe!«

Schneller als Fritzi gucken kann, springt Jannik von seinem Hochsitz und schwimmt zu ihr herüber. »Ich hab sie!«, ruft er und schleppt Chiara fachmännisch an den Beckenrand ab.

Fritzi fischt das Buch aus dem Wasser und schwimmt ihm eilig hinterher.

»Hilf mir mal, sie hier hochzulegen.«

Gemeinsam mit Jannik zieht Fritzi Chiara auf den Beckenrand. Er fühlt ihren Puls. Fritzi tätschelt ihre Wange, da blinzelt sie bereits.

»Hey, du warst kurz ohnmächtig.«

Chiara lächelt schwach. »Für einen Moment war alles schwarz-weiß.«

Jannik deutet auf das klitschnasse Buch in Fritzis Hand. »Das hat sie getroffen?«

Fritzi nickt.

Er begutachtet Chiaras Schläfe. »Besser, du ruhst dich im Schatten etwas aus.«

Chiara fasst sich an den Kopf. »Danke, es geht schon.«

»Darf ich das Buch mal sehen?«

Fritzi reicht es Jannik und berührt dabei seine Hand. Sie ist warm, überraschend warm. Ihre Blicke treffen sich, Fritzi lächelt verlegen und wendet sich schnell Chiara zu: »Wie fühlst du dich?«

»Das Buch gehört Peti«, stellt Jannik fest und schaut sich nach seiner Schwester um. Peti steht etwas weiter am Beckenrand und ringt mit Torben um ihr Handtuch. »Der schon wieder! Kommt ihr klar?«

Fritzi nickt. Jannik springt auf und eilt seiner Schwester zu Hilfe.

»Komm, ich hol dir 'ne Cola zum Kühlen.«

»Da sag ich nicht Nein!«

Fritzi und Chiara sitzen mit Sonnenbrillen auf den Nasen am Beckenrand und trinken Cola aus bunten Strohhalmen. Sie beobachten, wie Peti ihr Buch in der Sonne zum Trocknen auslegt, Jannik leistet ihr Gesellschaft. Torben, Yessin und Bo machen ganz in der Nähe Arschbomben und ernten dafür Applaus von den Eiscafé-Tussis.

»Kommt ihr zu Lous Geburtstagsparty?«, fragt Emma so laut, dass Fritzi und Chiara es nicht überhören können.

»Auf jeden!«, antwortet Yessin.

»Aber ich will nicht da zelten«, fügt Torben hinzu.

»Warum nicht?«, fragt Doro.

»Ich werde biwakieren«, gibt er wichtigtuerisch zurück.

»Und wo soll da der Unterschied sein?!«, will Lou belustigt wissen.

»Schlafen im Zelt oder schlafen unter freiem Himmel!«

»Da hat er recht!«, piepst Doro und klimpert wild mit den Wimpern.

»Wer kommt denn sonst noch so alles?«, fragt Torben und schielt einmal unauffällig zu Peti hinüber.

»Wir haben die ganze Stufe eingeladen, also fast, oder Süße?«, antwortet Emma an Lous Stelle.

Fritzis Gedanken schweifen ab. Lou feiert eine Party? Und alle kommen? Alle, außer ihr …

»Was guckst du so, Fritz?«, blafft Torben sie an. »Biste nicht eingeladen, oder was?«

Fritzi erwacht aus ihrer Trance. »Was geht dich das an?«, ruft sie zurück. Etwas Besseres fällt ihr nicht ein. Sie wendet sich eilig an Chiara: »Gehen wir zurück zu den Handtüchern?«

Chiara nickt. Sie stehen vom Beckenrand auf und kehren den anderen den Rücken.

Ihre Handtücher liegen noch genauso da, wie sie sie verlassen haben.

»Als das Buch ins Wasser geflogen kam, hatte ich kurz Schiss, dass sie unsere Sachen auch geklaut haben«, beichtet Chiara.

»Ich auch!«, gibt Fritzi zurück und blickt sich um. »Hast du Marlene gesehen?«

»Ich glaube, sie ist noch unten am Wasser.«

Chiara legt sich auf ihr Handtuch, Fritzi setzt sich daneben.

»Ich finde, es kann dir so was von egal sein, ob Lou dich einlädt oder nicht!«

»Ist es auch!«, behauptet Fritzi rasch. Doch der folgende Moment der Stille sagt mehr als tausend Worte.

»Wusstest du, dass Lou schwer an Fußpilz erkrankt ist?«, unterbricht Chiara schließlich mit ernster Stimme das Schweigen und bringt Fritzi damit prompt zum Lachen.

»WAS?«

»Ja, ganz schlimm! Stell dir das mal vor! Mit so jemandem will man nicht befreundet sein, oder?«

»Wenn ich mir das vorstelle, will ich ihr die Fußpilzcreme von meinem Vater ausborgen.«

»Du bist zu nett, Fritzi. Die hat dich abserviert und zwar gegen jede Regel vom internationalen Freundinnenkodex. Du hast alles Recht der Welt, sauer auf sie zu sein!«

»So was gibt es?«, fragt Fritzi wenig überzeugt.

»Bestimmt! Du hättest sogar jedes Recht, sie einfach mal anzuschreien und ihr zu sagen, was für 'ne miese Nummer das war!«

»Werd ich ihr auch irgendwann mal sagen«, murmelt sie leise.

»Das will ich hoffen! Du bist sonst auch nicht auf den Mund gefallen. Ich meine, wir kennen uns zwar noch nicht so gut, aber ich hab das Gefühl, eher das Gegenteil ist der Fall, oder?« Chiara guckt Fritzi über ihre Sonnenbrille hinweg an und lüpft eine Augenbraue, so wie Fritzi es selbst manchmal tut. Die beiden grinsen sich an.

»Danke, Chiara!«

»Fritziii!«, ertönt da eine vertraute Stimme, begleitet von einem lauter werdenden Heulen.

Sie dreht sich um. Lou und Marlene kommen über die Wiese auf sie zu. Erst bei genauerem Hinsehen erkennt man, dass Lou Marlene stützt. Fritzi springt auf. Das Gesicht ihrer Schwester ist tränenüberströmt. Fritzi läuft ihnen die letzten Meter entgegen und gemeinsam helfen sie Marlene, sich auf Fritzis Handtuch zu setzen.

»Was ist passiert?«, fragt Fritzi voller Sorge.

Marlene schluchzt. »Mein Fuß …«, sie kann kaum sprechen, »… da!« Ihr Fuß ist so geschwollen, dass er kaum noch als solcher zu erkennen ist. Ein kreisrunder, feuerroter Fleck ist darauf zu sehen.

»…espe«, jammert Marlene.

»Beruhig dich, Lene, ich versteh ja kein Wort.«

»Sie wurde von einer Wespe gestochen. Könnte auch 'ne Hornisse gewesen sein, die war ziemlich groß. Ich hab den Stachel schon gezogen«, erklärt Lou.

»Oh no!«

»Ich hab dem Bademeister Bescheid gesagt«, fährt Lou fort, »er bringt gleich was zum Kühlen.«

»Danke, wir schaffen den Rest dann allein«, sagt Fritzi, ohne Lou dabei anzusehen. Aber Lou macht keine Anstalten zu gehen. »Schon okay, ich warte gern, bis er hier ist.«

»Du hast dich entschieden, nicht mehr meine Freundin zu sein, dann brauchst du dich hier auch nicht als große Retterin meiner Schwester aufzuspielen! Verschwinde einfach und teil dir 'ne Pommes mit deinen … deinen Tussis!«

»Wie du meinst«, antwortet Lou und sucht das Weite.

Fritzi sieht wieder ihre Schwester an. »Tut es sehr weh?«

Marlene nickt.

»Da kommt Jannik schon!«

Jannik stellt den Verbandskoffer neben Marlene ab. »Na, dann zeig mal.« Er guckt sich Marlenes Fuß genau an. »Ich mach dir Eisspray drauf, aber besser, ihr geht anschließend nach Hause.« Er wendet sich an Fritzi: »Ins Wasser sollte sie damit erst mal nicht mehr und zu Hause am besten eine halbe Zwiebel drauf.«

Sie schaut ihn an und nickt. Wie kann man bloß so braune Augen haben?

Jannik verarztet Marlenes Fuß und reicht ihr ein Taschentuch. »Tut es noch sehr weh?«, fragt er.

Marlene schüttelt den Kopf.

»Ihr beiden zieht das Chaos magisch an, he?«, scherzt Jannik und sieht dabei Chiara und Fritzi an. »Da könntet ihr euch mit meiner Schwester zusammentun! Wir sehen uns in der Schule. Bis dann.«

Wenig später sitzt Marlene vorne auf Fritzis Longboard. Ihr Fuß ist in ein Tuch gewickelt. Fritzi steht hinter ihr und lenkt das Board geschickt die Straße hinunter Richtung Marktplatz.

»Schneller, Fritzi!«, feuert Marlene sie an.

Langsam nehmen die beiden Schwestern Fahrt auf. Fritzi reckt die Nase in den Wind und spürt das glückliche Kitzeln hinter ihrem Bauchnabel.

»Wuhuuu!«, ruft sie und fasst ihre Schwester an den Schultern. »Streck die Arme in die Luft, Lene!«

»Wuhuuu!«, rufen beide wie aus einem Mund und düsen der untergehenden Sonne entgegen.

»Jetzt gut festhalten!« Fritzi lenkt das Board um eine scharfe Kurve und kommt beinahe direkt vor der Grünen Gans zum Stehen.

»Das war toll!«, ruft Marlene. »Aber ich hatte auch ein bisschen Angst.«

»Das gehört dazu.« Fritzi lächelt, noch ganz beglückt vom Geschwindigkeitsrausch.

»Und dein Fuß?«
»Ist schon besser.«
»Warte hier, ich hole Mama.«

Kurz darauf sitzen die Schwestern mit Ulla auf der Terrasse.
Sie drückt Marlene eine Zwiebel auf den Fuß.
»Fritzilein, ich habe übrigens Neuigkeiten für dich.«
Fritzi horcht auf. »Was denn?«
»Als ihr im Freibad wart, hat Frau Doktor Fleck angerufen.«
»Ach ja?«
»Sie möchte dir einen Platz in einer der Französischklassen anbieten.«
Fritzi klappt der Mund auf. »Im Ernst?«
»Ja, sie sagt, dass ein Mädchen die Klasse von Herrn Renneberg unerwartet verlassen wird und dass du nachrücken könntest, wenn du denn noch möchtest.«
»Heftig.«
»Du sollst am Montag nach dem Unterricht zu ihr ins Büro kommen und ihr deine Entscheidung mitteilen.«
Ulla strahlt Fritzi an. »Das sind doch tolle Neuigkeiten, oder nicht?«

Fritzis Gedanken fahren Achterbahn.
Noch vor wenigen Tagen wären das die besten Nachrichten überhaupt gewesen, aber jetzt? Jetzt, wo sie weiß, dass Lou sie nicht zu ihrem Geburtstagsfest eingeladen hat.

Jetzt, wo Lou quasi zum Abziehbild der Eiscafé-Tussis geworden ist.

Und dann ist da auch noch Chiara. Mit ihr Zeit zu verbringen, ist so herrlich leicht, so lustig und schön. Sie nimmt die Dinge nicht so schwer und sieht alles immer positiv. Wenn sie die Klasse wechseln würde, hätte es ihre frisch geknüpfte Freundschaft bestimmt schwer. Andererseits wäre sie diesen Vollhorstpenner von Stinke-Molli endlich los und müsste sich keine unnützen Lateinvokabeln in den Kopf hämmern.

Eine schwere Entscheidung.

SCHULVERWEIS

Fritzi brettert mit ihrem Longboard über die Einkaufsstraße. Montage sind einfach nicht ihr Ding. Sie weicht einem Kinderwagen aus und mäht beinahe Frau Alberti um, die gerade aus dem Gemüsegeschäft kommt.

»'tschuldigung, Frau Alberti!«

»Na hör mal, das ist hier eine Fußgängerzone, keine Rennstrecke«, ruft Frau Alberti ihr hinterher.

»Sorry, bin spät dran!«, ruft Fritzi zurück.

Die alte, aber humorvolle Frau Alberti tut, als ob sie ihr ein paar Orangen hinterherwerfen würde. Fritzi winkt ihr lachend zu.

Als sie endlich das Tor der Herzberg Gesamtschule passiert, klingelt es gerade zur ersten Stunde und der Schulhof ist binnen Sekunden wie leer gefegt.

»Mist.« Fritzi legt vor dem Treppenhaus eine Vollbremsung hin und stemmt die schwere Tür auf.

»Warte auf mich«, hört sie eine vertraute Stimme atemlos rufen. Chiara kommt über den Schulhof geeilt. »Ich hasse Montage«, schnauft sie.

»Da sagst du was«, gibt Fritzi zurück und hält ihr die Tür auf.

»Der Molli hat bestimmt schon angefangen.«

»Hundertpro!«

Sie erreichen die Tür ihres Klassenzimmers.

»Ich muss dir unbedingt was erzählen!«, sagt Fritzi.

»Jetzt?«, fragt Chiara entsetzt. »Wenn wir mehr als drei Minuten zu spät kommen, köpft uns der Stinke-Molli!«

»Hast recht, lieber in der Pause.«

Chiara klopft an die Tür.

Herr Mollenhauer antwortet sofort: »Herein!«

Sie nehmen noch einen letzten tiefen, stinkfreien Atemzug und betreten das Klassenzimmer.

Der Unterricht hat natürlich schon begonnen. Herr Mollenhauer steht in seinen ausgebeulten Cordhosen und Pullunder mit dem Rücken zur Klasse und kritzelt rätselhafte, lateinische Wörter an die Tafel. Er trägt seine spärlichen fettigen Haare wie immer von der einen Kopfseite quer über die ausladende Glatze gekämmt und gibt alle paar Buchstaben ein zufriedenes »Schön, dass sie beide uns doch noch mit ihrer Anwesenheit beehren« von sich.

»Entschuldigen Sie bitte die Verspätung, Herr Mollenhauer«, ächzt Fritzi, immer noch die Luft anhaltend.

»Wissen Sie, für gewöhnlich würde ich Sie jetzt ziemlich sicher tadeln. Aber heute ist Montag, alle Welt scheint schlecht gelaunt zu sein, obwohl die Sonne scheint. Also werde ich mit gutem Beispiel vorangehen, Sie beide bitten, Platz zu nehmen und schön aufmerksam meinem Unterricht zu folgen. Einverstanden?«

Fritzi und Chiara nicken, nicht ohne einen erstaunten Blick zu tauschen. An ihren Plätzen angekommen, ist der

Abstand zu ihrem Lehrer groß genug und sie können endlich wieder gefahrlos Luft holen.

»Was ist denn mit dem los?«, flüstert Fritzi Chiara zu. Die zuckt bloß mit den Schultern, weil Herr Mollenhauer sich gerade in diesem Augenblick zu ihnen umdreht.

»Schön!«, sagt er und stößt eine große Ladung seines würgereizerregenden Mundgeruchs ins Klassenzimmer aus. Chiara und Fritzi halten sich prompt die Hände vor die Nasen.

»Wenn Italienisch und Spanisch beste Freunde sind, dann ist Latein so etwas wie die Mutter aller romanischer Sprachen.«

Petis Arm schnellt in die Höhe und sie plappert drauflos: »Aber Latein ist doch eine indogermanische Sprache!«

»Ganz recht, und aus ihr heraus haben sich verschiedene andere Sprachen entwickelt. Das sagte ich ja gerade«, murmelt Herr Mollenhauer und die Fassade seiner guten Laune bekommt bereits erste Risse.

»Hör bloß auf, ihn zu reizen, Peti!«, raunt Torben durch den Raum und sie wirft ihm einen funkelnden Blick zurück.

Zu Fritzis Überraschung versucht Peti im weiteren Verlauf der Stunde tatsächlich, sich weitere Kommentare zu Herrn Mollenhauers Ausführungen zu verkneifen. Fritzi kann förmlich sehen, wie schwer ihr das fällt. Alle wissen, dass Peti jedes Schulbuch auswendig kennt. Torben hat schon mal Wetten darüber abgeschlossen, ob sie das Geschichtsbuch der fünften Klasse Wort für Wort wiedergeben kann und da waren sie in der Sechsten.

»Um Ihnen vorzuführen, dass die lateinische Sprache bereits Bestandteil ihres bisherigen Alltags war, habe ich hier ein paar Beispiele aufgelistet und wünsche, dass Sie die jeweilige Übersetzung aufschreiben.« Er reicht Peti einen Stapel Arbeitsblätter. »Eins nehmen, den Rest weitergeben, bitte.«

Der Stapel wird herumgereicht und Fritzi blickt auf ihr Arbeitsblatt. Viele der Ausdrücke kommen ihr bekannt vor, aber die genaue Übersetzung kennt sie nicht.

ad absurdum
Alibi
carpe diem
de facto
duo
expressis verbis
et cetera
in flagranti
in medias res
inkognito
Libido
Modus Operandi
vice versa
Persona non grata
summa summarum
Veto
Video

Peti hängt über ihren Aufgaben und scheint schon nach wenigen Sekunden, die Hälfte gelöst zu haben. Fritzi versucht, einen Blick auf ihre Antworten zu erhaschen, aber keine Chance. Während sie grübelt, landet ein kleiner, gefalteter Zettel auf ihrem Arbeitsblatt. Sie blickt sich um und fängt Chiaras Blick auf. Sie entfaltet die Nachricht und liest: *Was wolltest du mir erzählen? Ich sterbe vor Neugierde!*

Sie dreht das Papier um und beginnt zu schreiben, als Herr Mollenhauer sich auf einmal direkt neben ihr räuspert. »Fräulein Winter?«

Fritzi rutscht vor Schreck der Zettel vom Tisch auf den Boden.

»Verraten Sie mir doch, was in flagranti bedeutet.«

Das darf doch nicht wahr sein! Die ganze Zeit sitzt sie da wie eine Eins und passt auf, und der Typ dreht sich ausgerechnet dann um, wenn sie einmal was anderes macht. Peti formt unerkennbare Worte mit ihren Lippen. Will sie ihr helfen? Wirklich?!

»Vielleicht ...«, Fritzi versucht, Petis Lippenbewegungen zu lesen. »... bedeutet es, dass es brennt?!«

Herr Mollenhauer schüttelt den Kopf. Und Peti sinkt enttäuscht in sich zusammen.

»Petruschka? Sie kennen die Antwort?«

»In crimini flagranti bedeutet so viel wie: auf frischer Tat ertappt.«

Er nickt zufrieden.

»Und nun verraten Sie mir, Fräulein Winter, warum ich das von Ihnen wissen wollte?«

Fritzi zuckt mit den Schultern.

»Was haben Sie denn gerade gemacht?«

»Geschrieben?«

»Wenn ich mich nicht irre, haben Sie allerdings nicht auf das Arbeitsblatt geschrieben, wie verlangt, sondern ...« Er hebt den Zettel vom Boden auf und Fritzi rutscht das Herz in die Hose. »Auf diesen Zettel hier.« Er faltet das Papier auseinander und liest auf eine Weise vor, als wäre er ein sprachgestörter Roboter: »*Was wolltest du mir erzählen? Ich sterbe vor Neugierde.*« Er dreht und wendet das Briefchen in den Händen – zum Glück war Fritzi noch dabei zu überlegen, wie sie die Sache mit dem Klassenwechsel auf diesem winzigen Papierchen unterkriegen sollte und hatte den Stift noch nicht einmal angesetzt. »Für wen war diese Nachricht?«

Fritzi schluckt. »Für mich.«

»Sie meinen, Sie haben das nicht geschrieben?«

»Richtig.«

»Dann sagen Sie mir, wer den Zettel geschrieben hat.«

Fritzi schüttelt kaum merklich den Kopf.

Herr Mollenhauer wendet sich an die Klasse: »Wer hat den Zettel geschrieben?«

Chiara weicht die Farbe aus dem Gesicht.

Herr Mollenhauer wendet sich wieder an Fritzi: »Fräulein Winter, zwei Möglichkeiten: A, Sie sagen mir, wer diese

Zeilen verfasst hat und bleiben straffrei. B, Sie schweigen, und ich muss davon ausgehen, dass Sie selbst Verfasserin dieser beiden Sätze sind. In diesem Fall schreiben Sie alle Vokabeln von Seite sieben bis zehn auf liniertes Papier und geben es mir morgen ab.«

»Aber das sind mehr als …«, sie blättert durch ihr Lateinbuch, »zweihundert Vokabeln?!«

»Sein Sie froh, dass ich nicht nachtragend bin! Wenn ich Ihr heutiges Zuspätkommen miteinbeziehen würde, müssten Sie das Doppelte abschreiben!«

Fritzi schluckt.

»Also?«

»Ich bin keine Petze, und wenn Sie mich dafür bestrafen wollen, dann muss ich das wohl akzeptieren.«

»Nun denn, so sei es. Die anderen übersetzen bitte bis morgen das Arbeitsblatt. Und – carpe diem!«

Kaum aus dem Gebäude, nimmt Fritzi einen tiefen Atemzug frischer Luft, um die beklemmende Stimmung in Mollenhauers Klassenzimmer abzuschütteln. Sie stellt sich in die Kioskschlange. Chiara gesellt sich zu ihr.

»Boa, danke, dass du mich nicht in die Pfanne gehauen hast!«

»Ehrensache!«

»Ich helf dir natürlich bei der Strafarbeit. Sagst du mir jetzt, was du mir eigentlich erzählen wolltest?«

Fritzi schluckt. Nach dieser Doppelstunde beim Molli würde sie am liebsten sofort zu Frau Doktor Fleck laufen und ihr Angebot annehmen. Aber Chiara einfach so in dieser Gurkentruppe zurücklassen? Sie hat sich das ganze Wochenende lang das Hirn zermartert und ist immer noch zu keiner Entscheidung gekommen.

Fritzi winkt ab. »Ist auch egal!«, redet sie sich raus. »Der Mollenhauer ist so ein Vollhorstpenner. Ich meine: Strafarbeit? Unglaublich. In welchem Jahrhundert leben wir denn?!«

Chiara nickt. »Sprich doch noch mal mit ihm. Guck, er hat Pausenaufsicht.«

Auf der anderen Seite des Hofs beißt Herr Mollenhauer gerade in sein Wurstbrot.

»Iiih. Nee. Dann bläst der mir seinen wurstigen Mundgeruch direkt ins Gesicht.«

»Entschuldige dich für die Unaufmerksamkeit. Sag, dass du die Vokabeln gern abschreibst, um zu zeigen, dass du eine fleißige Schülerin bist. Sonst macht der dir noch das ganze Schuljahr zur Hölle.«

»Ach Mann, eigentlich hast du recht. Aber irgendwas in mir sträubt sich. Und diese Streberkuh von Peti sagt mir auch noch was Falsches vor. Die ist echt so eine Klugscheißerin!«

Chiara schüttelt auffällig-unauffällig den Kopf.

»Was ist?«, fragt Fritzi verwirrt.

Chiara schüttelt erneut den Kopf und wirkt nun seltsam verkrampft.

»Was hast du denn?«, fragt Fritzi ungeduldig.

Peti erscheint neben Fritzi. »Deine neue Freundin wollte dich einfach bloß vor der nächsten Blamage bewahren, ich stand nämlich genau hinter dir«, sagt sie forsch.

»Oh«, Fritzi klappt der Mund auf. »Und wie lange schon?«

»Lang genug, aber glaub mir, du bist nicht die Erste, die mich Klugscheißerin nennt.« Peti rückt ihre viel zu große Opa-Brille zurecht. »Jedenfalls wollte ich dir wirklich helfen. In crimini flagranti heißt nämlich wörtlich: Solange das Verbrechen noch brennt. Ich dachte, es wäre eine gute Eselsbrücke.«

»Für jemanden, der Latein versteht, vielleicht.«

»Ich kann ja nicht wissen, dass du gar kein Wort verstehst …« Während Peti spricht, ist Torben hinter ihr aufgetaucht. Er grinst. Peti bemerkt nichts und erklärt: »Mein Bruder sagt, dass der Molli vor allem zu Schuljahresbeginn so streng ist.«

Torben fummelt an ihrem Rucksack herum, bis er etwas zu fassen bekommt.

»Er will uns zeigen, wo der Hammer hängt. Also, dass man mit ihm keine Spielchen spielen kann und so. Deswegen siezt er uns auch. Das machen die Lehrer ja eigentlich erst ab der Oberstufe. Du solltest dir das alles also nicht zu Herzen …«

»Ich hab ihn!« Torbens Schrei lässt die Mädchen zusammenzucken. Peti fährt herum, aber zu spät! Torben reißt ihren persönlichen Kalender in die Höhe und rennt grölend zu seinen feixenden Freunden hinüber.

»Gib ihn mir zurück!«, keucht Peti wahrhaft verzweifelt. Sie lässt ihren Rucksack von den Schultern gleiten, blickt auf den geöffneten Reißverschluss und jagt hinter Torben her.

Fritzi und Chiara beobachten, wie Torben und Bo mit ihr »Schweinchen in der Mitte« spielen. Sie werfen sich den Kalender im hohen Bogen zu. Peti hat keine Chance, ihn zu ergattern, geschweige denn abzufangen. Ausgeschnittene Bildchen, Sticker und getrocknete Blumen segeln aus dem Einband heraus.

»Oh nein, ich hab überhaupt nicht gecheckt, was der da macht!«, stöhnt Fritzi. »Wir müssen ihr helfen, los komm!«

Sie schlängelt sich geschickt zwischen ein paar Schülergruppen hindurch. Chiara versucht, mit Fritzi Schritt zu halten, aber läuft mitten in eine Gruppe Oberstufenschüler, die sich lauthals beschweren: »Ey, pass doch auf, Fetti!«

Chiara versucht, höflich zu bleiben. »Sorry, Verzeihung, kann ich mal durch, danke! Noch ein halber Zentimeter mehr Platz wäre echt nett! Danke schön.«

Sie nähern sich Torben, der gerade mit verstellter Stimme aus Petis Kalender vorliest: »*Meine neue Klasse. Na, das wird ja spannend. Chiaras Gedanken scheinen sich ausschließlich um Essen zu drehen, sie sollte dringend etwas an ihrer Figur machen. Ich glaube, sie ist nicht besonders helle!* – Ah, Chiara, da bist du ja, haste gehört?!«

Chiara macht eine erhabene Kopfbewegung und tut, als könne ihr dieses Geschwafel rein gar nichts anhaben. Torben fährt fort: »*Fritzi glaubt wohl, sie wäre die Coolste von allen.* – Na, Fritz, glaubst du das?«

Fritzi kocht vor Wut. »Gerade trifft das wohl eher auf dich zu, oder?!«

Torben lacht. »Tja, Peti-Oberschlau weiß eben doch nicht alles, was?« Ein paar der umstehenden Jungen grölen, Bo am lautesten.

»Halt mir Bo vom Leib, egal wie, ja?«, flüstert Fritzi Chiara ins Ohr.

»Was hast du denn vor?«

»Ich hole Peti den Kalender zurück«, murmelt Fritzi leise.

»Aber ...«

»Nix aber, Peti ist 'ne Klugscheißerin und ich kann sie nicht sonderlich leiden, aber das hier hat sie nicht verdient!«

Ohne Chiaras Antwort abzuwarten, spurtet Fritzi los zu Peti hinüber. Die hechtet gerade ihrem Kalender hinterher, stolpert über Bos ausgestreckten Fuß und – klatscht der Länge nach auf den rauen Asphalt.

Fritzi verzieht das Gesicht. »Aua, aua!«, stöhnt sie mitfühlend.

Auch Chiara hält sich die Hände vor das Gesicht. Niemand hört auf den Schulgong, der zurück zum Unterricht ruft.

Peti liegt regungslos am Boden. Fritzi und Chiara wechseln einen kurzen Blick und sind sich einig. Chiara kümmert sich um Peti, hilft ihr vom Boden auf und bringt sie zu einer nahe stehenden Bank.

Torben liest weiter aus dem Kalender vor: »*In diesem Schuljahr möchte ich endlich einen Schnitt von eins Komma null schaffen.*« Er kriegt sich kaum ein vor Lachen. »Über dich steht da auch was, Yessin, sie nennt dich Yessssiiii!«

Doch er kommt nicht dazu, den Satz zu beenden, denn Fritzi springt ihm mit einem großen Satz auf den Rücken und entreißt ihm mit gezieltem Griff den Kalender. Torben krallt sich am Einband fest, will sein Diebesgut nicht hergeben, doch sie zerrt mit aller Kraft, die sie aufbringen kann, weiter an dem Buch.

FRATSCH, Seiten reißen, das Ding fliegt durch die Luft und landet ein paar Meter weiter auf dem Boden. Fritzi und Torben gucken sich verdutzt an. Beide halten ein paar Seiten in den Händen und stürzen sich nun beinahe gleichzeitig auf das am Boden liegende Stück. Fritzi erreicht ihn als Erste, schnappt ihn sich und rennt los.

Mit Torben dicht auf den Fersen jagt sie im Zickzack zwischen Yessin und Bo hindurch wie ein Quarterback beim Football und ruft zu Chiara hinüber: »Faaang!« Und schon fliegt das Diebesgut erneut durch die Luft. Chiara breitet die Arme aus und fängt! Sie dreht sich erleichtert zu Peti um, gibt ihr das Buch zurück und WUMMS! Yessin und Bo haben die beiden Mädchen über den Haufen gerannt und begraben sie unter sich.

Torben erreicht den Schülerknäuel zuerst, zerrt an Petis Ellbogen, um ihr den Kalender erneut zu entreißen. Doch ehe es ihm gelingt, ist Fritzi da und schnappt sich eines seiner Beine. Er windet sich wie ein Fisch und verpasst ihr einen schmerzhaften Schlag gegen den Oberschenkel. Fritzi ächzt, lässt aber nicht locker. Er tritt ihr gegen die Stirn und nun reicht es ihr endgültig! Sie holt aus und klebt Torben einen saftigen Haken unter das Kinn. Torben geht zu Boden.

Der Kampf ist gewonnen.

»Fritzi Winter!«, die scharfe Stimme klingt schneidend über den Hof. Herr Mollenhauer sieht Fritzi empört an. Ihr rutscht das Herz in die Hose.

Kurz darauf stehen Torben, Bo, Yessin, Chiara und Fritzi in einer Reihe vor Herrn Mollenhauer. Er mustert einen nach dem anderen prüfend. »Winter, Sie sind wohl von allen guten Geistern verlassen. Wie habe ich dieses ... dieses Chaos hier zu verstehen?!« Er durchbohrt Fritzi geradewegs mit seinen vorwurfsvollen Blicken.

Sie weiß überhaupt nicht, wo sie anfangen soll, diese ungerechte Ansprache aufzuklären. Sie öffnet den Mund, um sich zu rechtfertigen, aber bringt kein Wort heraus.

Herr Mollenhauer schüttelt den Kopf und wendet sich Torben, Yessin und Bo zu: »Schmidt, Özcan und Svenson – ins Sekretariat. Lassen Sie sich verarzten.«

Die Jungen geben sich heimlich einen triumphierenden Check.

Fritzi spürt ihre Stimme zurückkehren und setzt an, die Situation richtig zu stellen: »Herr Mollenhauer, die drei hier haben ...«

Doch Herr Mollenhauer hebt mahnend seinen rechten Zeigefinger. »Ich will nichts hören, Winter! Eine Schülerin, die sich dermaßen danebenbenimmt, habe ich in meiner ganzen Laufbahn noch nicht erlebt. Ich bezweifle, dass Ihr Verhalten der Philosophie unserer Schule entspricht. Frau Direktor wird entscheiden, wie es mit Ihnen weitergeht! Das gleiche gilt für Sie, Vanzetti. Wenn es nach mir geht, gibt das einen Schulverweis. Abtreten, und zwar dalli.«

Fritzi will empört einwenden: »Aber ...«

Chiara drückt sachte ihre Hand und haucht: »Mach es nicht noch schlimmer.«

CHAOSKÖNIGINNEN

Fritzi sitzt neben Chiara vor dem großen Schreibtisch von Frau Doktor Fleck. Wie üblich hat die Direktorin ihr weißes Haar zu einem straffen Knoten zurückgebunden und trägt heute ein farblich darauf abgestimmtes, hellbeiges Tweed-Kostüm.

»Ihr beiden habt die drei Jungen ja ganz schön zugerichtet.«

»Das stimmt so nicht, nicht ganz«, platzt es prompt aus Fritzi heraus. Doch die Direktorin lüpft streng die Brauen und sie verstummt.

»Ich bin sicher, ihr hattet eure Gründe. Ihr seid starke, widerstandsfähige junge Frauen. Das gefällt mir! Ihr beiden lasst euch nichts gefallen. Ihr seid keine Hasen. Das ist gut so.« Sie haut mit der geballten Faust auf den Tisch, um einen anständigen Punkt zu machen. »Ihr seid junge Amazonen.« Der Knoten ihres hellen Haares löst sich, Fritzi und Chiara wechseln einen erstaunten Blick. Jetzt merkt auch Frau Doktor Fleck, dass sie sich ein wenig in Rage geredet hat. Sie rückt ihre Brille zurecht und streicht das lange Haar zurück. »Nun, das Problem ist, dass ihr einen sehr körperlichen Weg gewählt habt, um euch zu wehren. Ganz unabhängig vom Geschlecht kann ich körperliche Gewalt hier am Herzberg Gymnasium grundsätzlich nicht dulden. Wir haben in der Vergangenheit drastische Maßnahmen gegen körperlich gewalttätige Schüler verhängt, ich muss ...«

Plötzlich fliegt die Tür auf. Peti kommt ins Zimmer gestürmt. »Ich ... ich ...« Sie schnappt nach Luft.

»Petruschka, erst atmen, dann sprechen«, ermahnt sie Frau Doktor Fleck.

Peti nickt noch völlig außer Atem. Sie stemmt die Hände gegen ihre Rippen, um das Seitenstechen zu mildern.

»Was hat sie denn?«, raunt Fritzi Chiara zu. Die zuckt bloß mit den Schultern.

»Ich, es ... Sie dürfen Fritzi und Chiara nicht von der Schule werfen!«

»Von der Schule werfen? Sie wollen uns von der Schule werfen?!«, keucht Fritzi entsetzt.

»Das ist alles meine Schuld, Frau Doktor Fleck. Die beiden wollten mir nur helfen, verstehen Sie?«

»Du warst dabei?«

Peti nickt heftig.

»Na dann, setzen, Petruschka.«

Frau Doktor Fleck lehnt sich in ihrem Sessel zurück und betrachtet die drei Mädchen mit einem Kopfschütteln. Für den Bruchteil einer Sekunde glaubt Fritzi, ein Lächeln über das Gesicht der Schuldirektorin huschen zu sehen.

Peti versucht, ihr Auftreten zu erklären: »Herr Mollenhauer hat mir gerade eben auf dem Hof gesagt, er hofft, dass Fritzi und Chiara von der Schule verwiesen werden ...

Finden Sie das in Ordnung, dass ein Lehrer so was über andere Schüler zu einer Mitschülerin sagt?«

Fritzi klappt der Mund auf. »Der spinnt doch! Frau Doktor Fleck, der hat mich schon mal aus dem Unterricht rausgeworfen – und zwar am ersten Schultag nach den großen Ferien! Dabei hab ich nichts gemacht, und heute hat er mir eine Strafarbeit aufgebrummt. Entspricht das vielleicht der Philosophie Ihrer Schule?!«

»Ruhig, meine Damen, jetzt mal schön der Reihe nach«, die Direktorin hebt beschwichtigend beide Hände. »Ich weiß, dass die Methoden des geschätzten Oberstudienrats Mollenhauer nicht immer nachvollziehbar sind, aber ich bin sicher, er hat nach bestem Wissen und Gewissen gehandelt. Zudem wollen wir hier jetzt über euer Verhalten sprechen, nicht über seines. Und eines ist klar: Ich kann und werde euer Verhalten heute auf dem Schulhof nicht gutheißen.«

Fritzi wird speiübel. Wer rechnet denn schon mit einem Schulverweis? Muss man dafür nicht etwas richtig Schlimmes gemacht haben? Oder ist sich zu prügeln etwas richtig, richtig Schlimmes? Zählt der Grund, wieso man sich geprügelt hat, denn gar nicht?

»Loyalität und Verbundenheit unter meinen Schülern sind mir wichtig, deswegen fliegt hier heute auch niemand von der Schule!«

Fritzi lässt erleichtert Luft durch die Lippen entweichen. Auch Chiara auf dem Stuhl neben ihr atmet hörbar auf.

»Wenn ihr mir versichert, dass es sich um einen einmaligen Ausrutscher gehandelt hat.«

Chiara nickt heftig und Peti sieht Frau Doktor Fleck folgsam an. Fritzi hingegen verschränkt die Arme vor der Brust.

Mit einem Mal ist sie hin- und hergerissen. Jeder weiß, dass Peti schon seit der fünften Klasse von Torben drangsaliert wird. Wann immer er eine Gelegenheit wittert, sie zu ärgern oder bloßzustellen, nutzt er sie. Das eben war kein Ausrutscher und erst recht kein einmaliger. Das kann sie doch an dieser Stelle nicht verschweigen, es wäre schlichtweg gelogen. Und wenn sie nun Ärger kriegen, dann sollten Torben, Yessin und Bo doch auch welchen kriegen, oder nicht? Nein, sie muss, muss, muss etwas dazu sagen, jetzt oder nie.

»Es tut mir leid, Frau Doktor Fleck, aber das ist echt totaler Quatsch. Das hier ist keine einmalige Sache und erst recht kein Ausrutscher.« Chiara stößt Fritzi in die Seite und Peti blickt sie entsetzt an, aber Fritzi fährt unbeirrt fort: »Wenn Sie die Wahrheit wissen wollen. Ich finde, Torben ist ein fieser Penner, der Peti schon seit Jahren ärgert. Die Abreibung, die der heute bekommen hat, war längst überfällig! Und wenn der Peti in meinem Beisein noch mal ärgert, dann verpass ich ihm die nächste Klatsche, das kann ich nicht leugnen.«

Frau Doktor Fleck sieht Fritzi schmunzelnd an. »Ich schätze deine Ehrlichkeit, Fritzi, dennoch würde ich doch darum bitten, statt der angekündigten Klatsche dann einfach zu mir ins Büro zu kommen. Einverstanden?«

Fritzi nickt zustimmend mit dem Kopf.

»Außerdem seid euch gewiss, dass ich mir die Herren der Schöpfung auch zur Brust nehmen werde. Um schriftliche Abmahnungen kommt ihr alle nicht herum. Mit Ausnahme von dir natürlich, Petruschka.«

»Nun also, aber …«

Die Direktorin wendet sich inzwischen leicht genervt Peti zu: »Was denn noch?!«

»Wenn die beiden eine Abmahnung kriegen, dann will ich keine Ausnahme sein. Mitgefangen, mitgehangen, oder?«

Für eine ewig lange Sekunde sagt Frau Doktor Fleck kein Wort, dann breitet sich völlig unverhofft ein herzliches Lächeln auf ihrem Gesicht aus. »Ich bin beeindruckt, Petruschka! Das nenne ich Teamgeist. Die Briefe kommen per Post, mit Unterschrift der Eltern dann zurück an euren Klassenlehrer und schon ist die Angelegenheit erledigt.« Sie klatscht in die Hände. »Nun denn, hinaus mit euch, ihr Chaosköniginnen.«

Die drei verlassen das Büro, doch bevor Fritzi die Tür hinter sich zuzieht, ruft Frau Doktor Fleck: »Fritzi? Auf ein Wort noch, bitte.«

Peti und Chiara sehen sie besorgt an.

»Ich komm gleich nach!«, sagt Fritzi und kehrt zurück in das Büro der Schulleiterin.

Frau Doktor Fleck schiebt ein paar Akten von der einen Seite ihres Schreibtisches auf die andere. »Deine Mutter hat dir von meinem Anruf erzählt, nehme ich an?« Fritzi nickt und Frau Doktor Fleck lächelt. »Und, das sind doch gute Neuigkeiten! Was sagst du dazu?« Die Direktorin setzt ihre Brille ab und sieht sie mit ihrem durchdringenden Blick an. »Du hast dich noch nicht entschieden, oder?«

Fritzi schüttelt den Kopf. »Es ist nicht ganz einfach.«

»Es ist so, Roberta Vrancic verlässt unsere Schule zu den Herbstferien. In den zwei Wochen könntest du den verpassten Stoff aufholen und nach den Ferien gleich die erste Klassenarbeit mitschreiben.«

Fritzi beißt sich nachdenklich auf die Lippe. »Bis wann brauchen Sie meine Entscheidung?«

»Am letzten Tag vor den Ferien, okay?«

Fritzi nickt.

Peti und Chiara stehen draußen auf dem leeren Hof. Sie blicken Fritzi mit großen Augen entgegen.

»Und?«, fragt Chiara. »Was wollte sie?«

»Ach, nur Informationen für meine Mutter, die ist doch jetzt im Elternbeirat.«

Chiara atmet auf. »Ach so!«

Fritzi lächelt beschämt.

»Na dann, bis morgen«, sagt Peti und wendet sich dem Fahrradständer zu. Fritzi und Chiara sehen sich zögernd an. Irgendwie fühlt es sich falsch an, sie allein ziehen zu lassen.

Chiara nickt und Fritzi ruft Peti hinterher: »Wollen wir noch ein Stück zusammen gehen?«

Peti dreht sich zu ihnen um und lächelt überrascht. »Ja, gerne!«

Die drei Mädchen verlassen gemeinsam den Schulhof Richtung Innenstadt. Peti schiebt ihr Fahrrad, dass seit ihrem Zusammenstoß ein rhythmisches Quietschen von sich gibt. Fritzi rollt auf dem Longboard neben ihr her. Chiara läuft an ihrer anderen Seite. Sie gehen einfach nebeneinander her, und auf eine völlig ungewohnte Art und Weise fühlt es sich gut an. Richtig gut.

Als sie an der Eisdiele vorbeikommen, zögert Peti. Dann bleibt sie plötzlich stehen. »Ich geb euch noch ein Eis aus, zum Dank. Also … äh, nur wenn ihr wollt natürlich.«

»Für mich immer!« Chiara grinst.

Auch Fritzi nickt. »Klar.«

Sie treten an den Tresen heran.

»Chiara, ciao bambina, come estai?«

Fritzi und Peti sehen interessiert zwischen Chiara und dem Eisverkäufer hin und her. Am Ende ihrer Unterhaltung auf Italienisch reicht der Mann Chiara drei riesige Portionen Spaghettieis mit ordentlich Sahne und so vielen extra Waffeln, dass Peti und Fritzi die Münder aufklappen.

»Kannst dein Geld wieder wegstecken«, erklärt Chiara an Peti gewandt und trägt das Tablett mit den Eisbechern zu einem der Tische hinüber.

»Wie hast du das denn gemacht?«

Chiara zuckt mit den Schultern. »Hab ihm einfach erzählt, was passiert ist und dass wir Peti vor den Doofmännern gerettet haben, da hat er mir die hier geschenkt.«

»Wirklich?«, fragt Peti ungläubig.

Chiara leckt ihren Löffel ab und schüttelt amüsiert den Kopf. »Quatsch. Das ist mein Cousin, Enzo. Ich hab ihm gesagt, dass ihr meine neuen Freundinnen seid, und da war er nicht mehr zu bremsen.« Chiara strahlt die beiden an.

»Wie cool ist das denn!«, freut sich Fritzi und steckt sich einen großen Löffel Spaghettieis in den Mund.

Peti rührt sich nicht.

Fritzi hält den Kopf schief und sieht sie prüfend an. »Stimmt was nicht?«

»Tut mir voll leid, aber ich ernähre mich vegan«, murmelt sie kleinlaut.

Ohne ein weiteres Wort, steht Chiara auf und geht hinüber zu ihrem Cousin. Sie sagt irgendetwas auf Italienisch und es wirkt beinahe, als würden die beiden streiten. Fritzi und Peti tauschen besorgte Blicke.

Kurz darauf kommt Chiara mit einem neuen Eisbecher zurück. »Apfel-Minze und Pampelmuse-Bitterschokolade. Absolut veganes Eis. Aber beschwer dich bloß nicht, wenn es nicht schmeckt, klar?!«

»Superlecker!«

»Also, wenn du mich fragst, ich finde, es schmeckt scheußlich. Ich hab das auch mal versucht mit dem Vegansein, aber ein Leben ohne Butter und Käse war einfach nichts für mich.« Fritzi streift ihre Schuhe ab und streckt die nackten Füße in die Sonne, Chiara tut es ihr gleich. Peti zögert, Chiara nickt ihr zu und da schlüpft auch sie aus ihren Sandalen.

»Sagt mal«, setzt Peti halb besorgt, halb nachdenklich an, »habt ihr schon mal einen blauen Brief bekommen?«, und versucht, dabei besonders lässig zu klingen.

»Niemals!«, antwortet Chiara.

»Ein dutzend Klassenbucheinträge hatte ich schon«, gesteht Fritzi.

»Ist eine Abmahnung das Gleiche wie ein blauer Brief?«, will Chiara schüchtern wissen.

»Nee«, Fritzi leckt ihren Eislöffel ab, »einen blauen Brief kriegt man nur, bevor man sitzen bleibt.«

»Weißt du das aus Erfahrung?«, fragt Peti abschätzig.

»Nee, du?!«

»Ich habe eine Klasse übersprungen!«

»Hätte ich mir ja denken können«, erwidert Fritzi. »Ich hab mich schon immer gefragt, ob blaue Briefe wirklich blau sind. Wäre ja Quatsch, weiße Briefe als blaue Briefe zu bezeichnen, oder?« Sie tippt auf ihrem Smartphone herum.

»Hast du da Internet drauf?«, fragt Peti neugierig.

»Klar! Hast du etwa keins?«

Peti schüttelt niedergeschlagen den Kopf. »Nee, seit mein Vater eine Fortbildung in Internetkriminalität gemacht hat, hab ich nur eine halbe Stunde Medienzeit in der

Woche, weil er Angst hat, dass ich mit Spinnern in Kontakt kommen könnte.«

»Ich glaub, bei uns zu Hause ist den ganzen Tag Medienzeit«, bemerkt Chiara nachdenklich. »Zumindest läuft immer der Fernseher.«

Peti ist sichtlich beeindruckt. »Und wie lange darfst du, Fritzi?«

Fritzi zuckt mit den Schultern. »Meine Mutter meint, ich müsste in mich hineinspüren und schauen, wie viel Internet ich vertrage, und wenn ich Probleme habe, soll ich mich melden.«

»Lässig.« Chiara grinst.

»Na ja, dasselbe sagt sie eigentlich zu allem. Also, dass ich in mich reinspüren soll.«

»Und spürst du was?«, fragt Peti neugierig.

Fritzi überlegt, dann schüttelt sie heftig den Kopf. »Ganz ehrlich? Nö!« Sie lacht und die beiden anderen stimmen mit ein. »Also, passt auf … laut Internet sind blaue Briefe wirklich blau.«

»Aber wir kriegen ja nur eine Abmahnung«, versichert sich Peti.

»Abmahnungen sind wohl auch blau«, erwidert Fritzi mit einer Spur von Unbehagen in der Stimme.

»Wenn ich daran denke, was meine Eltern sagen werden, wird mir gleich ganz übel«, flüstert Chiara.

»Vielleicht liegt es aber auch daran, dass du gerade in 'nem Affenzahn zwei Spaghettieis hintereinander gegessen hast.«

»Ich schaffe auch drei, wenn ich will.«

Peti macht große Augen. Aber Chiara schert sich nicht darum und Fritzi findet sie dafür doppelt cool.

»Mein Vater wird mir vermutlich Hausarrest erteilen«, seufzt Peti niedergeschlagen.

»Selbst wenn du ihm alles erklärst?«, fragt Fritzi.

Peti nickt. »Erstens gehört er zur alten Schule und zweitens ist er Polizist.«

»Müsst ihr jetzt direkt nach Hause?«, will Chiara wissen.

»Ich nicht«, gibt Peti prompt zurück.

»Ich drück mich auch immer gerne um den Spüldienst«, verkündet Fritzi.

»Du musst spülen? Im Restaurant?« Peti ist entsetzt.

»Ja klar! Familienunternehmen. Ich steh in der Grünen Gans so oft in der Küche und helfe meinem Vater, dass Torben das Gerücht über mich verbreitet hat, ich würde mich mit Gemüsebrühe statt mit Wasser waschen. Der ist echt so hohl! Typisch Torben.«

»Aber Kinderarbeit ist in Deutschland verboten. Dagegen kannst du vorgehen, Fritzi!«

»Du bist so witzig.« Fritzi schüttelt den Kopf.

»Nee, im Ernst! Soll ich meinen Vater bei euch vorbeischicken? Der macht das klar.«

»Meine Mutter würde dem was husten.«

»Er ist Polizist!«, betont Peti entrüstet.

»Und wenn er der Kaiser von China wäre! Meine Mutter lässt sich von niemandem was sagen, das war schon immer so!«

»Also ich hab meinen Eltern auch gerne im Salon geholfen. Waschen, schneiden und föhnen, dabei mit den Kunden quatschen. Hat mir richtig gut gefallen.«

»Und jetzt nicht mehr?«

Chiara schüttelt den Kopf. »Meine Nonna will, dass ich mich voll und ganz auf die Schule konzentriere. Ich bin die Erste in der Familie, die von der Gesamtschule aufs Gymnasium gewechselt ist. Sie sind alle total aus dem Häuschen, weil ich vielleicht Abitur mache.«

»Wieso denn vielleicht?«

Chiara runzelt die Stirn. »Wer weiß denn, ob ich es wirklich schaffe?«

»Diese Frage hab ich mir noch nie gestellt.«

»Ich mir auch nicht. Klar schaffst du das, Chiara.«

Chiara zuckt mit den Schultern. »Sonst werde ich einfach Friseurin. Oder Polizistin, braucht man dafür Abitur? Vielleicht kann ich mal ein Praktikum bei deinem Vater machen.«

Fritzi lacht.

Peti bleibt ganz ernst. »Ich frage ihn. Vor Oberkommissar Nowak ist kein Verbrecher sicher. Wenn ich Glück habe, hat er heute schon jemanden eingesperrt, einen Taschendieb gefasst oder einen Nachbarschaftsstreit aufgeklärt.«

»Hat er dann bessere Laune?«, scherzt Fritzi.

Zu ihrer Überraschung nickt Peti. »Wenn dem so sein sollte«, sagt sie wichtigtuerisch, »werde ich ihn wahrscheinlich auf eine Woche Hausarrest runterhandeln können.

Wenn aber Frau Peschel vom Fischgeschäft schon wieder eine Vermisstenanzeige wegen ihrem Rauhaardackel Nero aufgegeben hat, bin ich aufgeschmissen.«

»Und deine Mutter?«, fragt Chiara neugierig.

Peti lacht. »Meine Mamitschka ist bestimmt richtig stolz auf mich, ich höre sie schon.« Peti setzt sich gerade hin, klimpert mit ihren Wimpern und spitzt ihre Lippen ein bisschen. »Petruschka, Kochanie, du hast deine Ehre verteidigt! Gut so!«

Alle drei lachen.

»Sie sagt immer ›gut so‹ und ballt dabei ihre Hand kämpferisch zu einer Faust.«

»Was heißt Kochanie?«

»Das ist polnisch und heißt so viel wie Schatz.«

»Hauptsache, Torben ist dieses eine Mal nicht ungeschoren davongekommen.«

Peti wird plötzlich ganz ernst.

Fritzi bemerkt es sofort und hakt nach: »Alles klar bei dir, Peti?«

Peti nickt. »Ja, ja, schon gut. Ich glaub, ich geh dann mal.«

Sie ist schon aufgestanden, als Chiara verwundert bemerkt: »Ich dachte, du musst heute erst später zu Hause sein?«

Peti wendet verlegen den Blick ab. »Es ist nur …«

Fritzi und Chiara schauen sie fragend an.

»Ich hab einfach Schiss, dass Frau Doktor Fleck Torben gesteckt hat, dass wir ihn angeschwärzt haben …«

»Du meinst, weil ich gesagt habe, dass das schon Jahre so geht mit dir und ihm?«

Ein Hauch Rosa huscht über Petis Wangen und sie nickt.

»Und wenn schon! Was soll er denn machen?«

»Du hast gut reden!« Peti wird mit einem Mal ganz aufbrausend, beinahe forsch. »Dich ärgert er ja nicht andauernd! Für dich war das eine einmalige Situation. Morgen stolzierst du wieder mit deiner ach so tollen Lou über den Hof und lachst mit, wenn Torben mein Federmäppchen in den Dreck wirft.«

Fritzi sieht Peti kopfschüttelnd an. »Das hab ich noch nie gemacht, also zumindest das mit dem Lachen«, sie überlegt einen Moment, »dass ich stolziert bin, mag sein.«

»Wenigstens gibst du es zu.«

»Aber gelacht hab ich wirklich nie.«

»Das stimmt.«

»Aber du, Peti, wir lassen dich mit der Sache da nicht mehr alleine, das weißt du schon, oder?«, fügt Chiara hinzu.

Peti lächelt verlegen, scheint Chiara aber nicht wirklich ernst zu nehmen. »Was wollt ihr denn machen, wenn der mich auf dem Heimweg mit Eiern bewirft? Mit mir eine Bande gegen den gründen?«

»Warum nicht?«, sagt Chiara.

»Aber für den Anfang bringen wir dich einfach erst mal nach Hause.« Fritzi steht entschieden auf und Chiara tut es ihr nach. »Wie würden wir denn heißen, wenn wir 'ne Bande wären?«

»Die Chaosköniginnen«, antwortet Peti trocken.

Chiaras Augen leuchten, Fritzi schüttelt amüsiert den Kopf. »Eine Bande, so was Albernes«, frotzelt sie.

»Echt jetzt«, stimmt Peti zu, »aber eigentlich find ich es spitze.«

»Wir machen den Eiscafé-Tussis hier so richtig Konkurrenz!« Chiara lacht.

»Warum nennen die eigentlich alle so? Ich meine, hat die schon mal jemand wirklich Eis essen sehen?«, fragt Fritzi belustigt.

»Nee, noch nie«, sagt Peti und fängt ebenfalls an zu kichern. »Ehrlich gesagt, hab ich die noch nie irgendwas essen sehen.«

»Doch, am Freitag, da haben die sich zu viert eine Schale Pommes geteilt!«, tönt Chiara. »Sagt mal, sollen wir vielleicht besser auf dem Weg noch am Supermarkt vorbei?«

»Hast du noch Hunger?« Peti wirkt erstaunt.

»Nee, ich will Eier kaufen, für Torben.«

»Du meinst: gegen Torben«, korrigiert sie Fritzi.

»Genau!«

»Ab jetzt gehts dem nämlich an den Kragen!«, ruft Fritzi heroisch. Alle drei lachen. Fritzi blickt zwischen Chiara und Peti hin und her.

Wer hätte gedacht, dass ausgerechnet diese beiden ihre neuen Freundinnen werden?!

DER 19. MAI

Als Fritzi am frühen Abend nach Hause kommt, erwartet Marlene sie auf dem Treppenabsatz zur Grünen Gans. Sie hat einen hochroten Kopf und wippt ungeduldig mit den Knien auf und ab.

»Hey, was machst du denn hier?«

»Da bist du ja endlich! Wo warst du so lange?« Marlene greift nach Fritzis Hand und zerrt sie durch das Gasthaus, die Treppe hoch bis in ihre Wohnung.

»Was ist denn los? Wo willst du hin?«

Sven steht in der großen gemütlichen Wohnküche. Er hat eine Schürze umgebunden, hält eine Zwiebel in der einen und ein Messer in der anderen Hand. »Hallo, ihr beiden, könnt ihr schon mal den Tisch decken?«, begrüßt er sie.

»Keine Zeit!«, antwortet Marlene und zieht Fritzi weiter den Flur entlang.

Ulla streckt den Kopf aus dem Arbeitszimmer. »Da seid ihr ja, ich hab mich schon gefragt, wo ihr bleibt. Warst du bei Frau Doktor Fleck, Fritzi?«

»Hallo, Mama«, ruft Fritzi ihr zu. Bevor sie Ullas Frage beantworten kann, schiebt Marlene sie einfach weiter.

»Komm schon!« sagt sie bestimmt. Vor der Toilettentür machen sie halt.

»Und jetzt?«

»Da rein!«

Fritzi lässt sich von Marlene in den winzigen Raum schieben.

»Willst du mir wieder zeigen, wie du rückwärts auf der Klobrille stehend Pipi machen kannst, so wie früher?«

»Nein, Mann. Da war ich fünf.«

»Ja, und du hast versucht, dich im Schneidersitz aufs Klo zu setzen, bist reingefallen und ich musste dich retten.«

»Fritzi, ich bin kein Baby mehr. Wann checkst du das endlich?!«

»Oh Entschuldigung! Tut mir leid, Frau Erwachsen, was kann ich denn dann für dich tun?«

»Ich glaub, es ist passiert!«, flüstert Marlene. Die Aufregung steht ihr ins Gesicht geschrieben.

»Was ist passiert?«

»Ich hab meine Regel!«

»Nee?!«

»Doch, nur ganz bisschen, aber ich bin ziemlich sicher. Schau!« Ohne Umschweife zieht Marlene ihre Hose und ihre Unterhose runter. »Ta-daaa.« Sie strahlt, als wäre es das Tollste auf der ganzen Welt, seine Periode zu bekommen.

Fritzi wirft einen flüchtigen Blick in Marlenes Unterhose, da ist tatsächlich ein dunkler Streifen zu sehen. Aber er ist zu weit hinten.

»Kannst du mit mir in die Drogerie gehen und ein paar Binden kaufen?«

»Hast du schon mit Mama gesprochen?«

»Nee, du bist meine Schwester und meine beste Freundin!«

»Aber ich hab echt nicht so viel Ahnung von so was!«

»Deine Ahnung reicht mir völlig aus!«

»Dieser Streifen da, der ist aber schon ganz schön weit hinten und ziemlich schwach, findest du nicht?«

»Aber was soll es denn sonst sein, außer meiner Regel?!« Marlene schaut sie beinahe vorwurfsvoll an.

Fritzi zuckt mitfühlend mit den Schultern. »Weiß nicht – Dreck vielleicht?!«

Marlene verschränkt die Arme vor der Brust und überlegt.

»Kann es sein, dass du dich heute irgendwann vielleicht nicht so richtig gut abgeputzt hast?«

Marlene lässt enttäuscht den Kopf hängen. »Ach manno.«

»Ich hab recht, oder?«

»Ja-ha. Aber wehe, du erzählst das irgendwem!«

»Mach ich nicht! Ehrenwort.«

»Was soll Fritzi nicht erzählen?«, fragt Ulla neugierig durch die Tür.

»Nichts«, antworten Fritzi und Marlene im Chor.

Ulla drückt die Klinke, aber die Schwestern haben abgeschlossen. »Och Mädels, kommt schon, ich will auch mit euch Geheimnisse haben.«

Marlene drängelt sich an Fritzi vorbei und öffnet die Tür. »Gibt kein Geheimnis«, murmelt sie niedergeschlagen und schlingt die Arme um ihre Mutter. Ulla sieht Fritzi fragend an.

Fritzi hebt unschuldig die Hände. »Ich habe Stillschweigen geschworen.«

»Sags ihr«, brummt Marlene in Ullas Pullover.

Fritzi flüstert: »Sie dachte, sie hätte ihre Periode.«

Ulla macht große Augen. »Falscher Alarm?«

»Dreckalarm!«, mault Marlene.

Ulla streichelt ihr tröstend über das Haar. »Wenn du deine Periode in ein paar Jahren wirklich kriegst, dann feiern wir das, einverstanden?«

»Hast du Fritzis Periode mit ihr auch gefeiert?«

Ulla wendet sich an Fritzi: »Hast du sie denn schon?«

Fritzi legt sich beide Hände über das Gesicht. »Müssen wir über solche Sachen immer so offen sprechen?«

»Wir müssen gar nichts, aber es wäre schön, wenn wir uns über deine Gedanken austauschen könnten.«

»Also müssen wir doch.«

»Ich will mich auch über deine Gedanken austauschen«, klinkt Marlene sich ein. »Also, hast du die Periode schon oder nicht?«, fragt sie fordernd.

»Nee, hab ich nicht.«

»Ich hab sie damals schon mit elf bekommen«, erzählt Ulla.

»Mit elf?!«, hakt Fritzi erstaunt nach.

Ulla nickt. »Ich hätte mir gewünscht, mit meiner Mutter oder meiner Schwester drüber zu reden.«

»Warum kriegen manche Mädchen die Periode denn früh und andere spät?«

»Das ist von Mädchen zu Mädchen ganz individuell, so wie du selbst. Und so wie es passiert, ist es richtig! Es ist nichts, wofür man sich zu schämen braucht. Im Gegenteil, es ist ein Wunder der Natur, das wichtigste Element zum Fortbestand der Menschheit.«

Fritzi entdeckt einen dunklen Punkt unter ihrem linken Daumennagel und beginnt akribisch ihn wegzukratzen. Am liebsten würde sie Periode und Pubertät und all diesen verwirrenden Kram einfach ganz und gar auslassen. Ist doch eigentlich alles gut so, wie es ist, oder?

Ulla philosophiert weiter über die Rolle der Frau in der Gesellschaft. »Es gibt Urvölker, da sind die Frauen heilige Gottheiten, weil nur sie in der Lage sind, Kinder auf die Welt zu bringen. Hier zu Lande schämen sich junge Mädchen für ihre Pubertät, oder uns wird nachgesagt, wegen der Periode schlechte Laune zu haben. Eine Frau oder ein Mädchen, die ihre Tage hat, sollte verwöhnt werden, wenn ihr mich fragt.«

Marlene schmiegt sich an Fritzis Arm. »Wenn du sie kriegst, werde ich dich auch verwöhnen.«

Fritzi macht eine unbestimmte Kopfbewegung, die vielleicht als zustimmendes Nicken durchgehen könnte.

»Und dann darf ich auch schon mal gucken, wie das in deiner Unterhose aussieht, ja?«

»Mhm …«

»Mhm, ja, oder mhm, nein?«

»Das muss Fritzi dann entscheiden, wenn es so weit ist. So, und jetzt ab in die Küche. Euer Vater braucht sicher Hilfe mit dem Abendessen.«

Sie scheucht Marlene schon Richtung Küche, als Fritzi sie am Arm zurückhält. »Du, Mama?«

»Ja?«

»Es gibt da tatsächlich noch etwas, worüber ich mit dir reden muss.«

»Was denn?«

»Ich hab mich heute in der Schule geprügelt«, gibt Fritzi kleinlaut zu.

»Du hast was?!« Ulla fällt aus allen Wolken.

Wenig später sitzen alle zusammen beim Essen.

»Und dann hast du ihm einfach eine reingehauen?« Sven ist sichtlich beeindruckt.

Fritzi nickt und schiebt sich schnell eine weitere Gabel Kartoffeln mit Grüner Soße in den Mund.

Sven lächelt stolz.

»Oh, Fritzi«, sagt Ulla. »Gewalt ist doch keine Lösung!«

»Mir ist es lieber, Ulla, unsere Tochter weiß sich zu wehren, als dass sie sich von so einem Halbstarken dominieren lässt.«

»Körperliche Gewalt ist aber einfach der falsche Weg, da sind wir uns sicher einig, oder nicht?!«

»Das weiß Fritzi doch!«

Fritzi nickt. »Ja, weiß ich. Werde jetzt bestimmt auch nicht zur Schlägertussi mutieren, Mama, keine Sorge!«

»Was hat Frau Doktor Fleck denn gesagt?«

»Sie schickt Abmahnungen per Post. Muss ich dann unterschrieben wieder abgeben.«

»Und dieser Torben? Der kriegt ja wohl hoffentlich auch eine?!«

»Glaub schon.«

»War Lou mit dabei?«, will Sven wissen.

Fritzi schüttelt kaum merklich den Kopf.

»Papa!«, flüstert Marlene geheimnistuerisch. »Fritzi und Lou sind doch gar keine Freundinnen mehr. Sie feiert eine große Party und hat alle eingeladen, außer Fritzi.«

»Nee?«

»Doch«, sagt Fritzi kleinlaut.

»Mich ärgert es, dass dieses Mädchen hier jahrelang ein- und ausgeht und jetzt lässt sie dich einfach fallen wie eine heiße Kartoffel. Das ist doch keine Art!«

In Fritzis Kehle sitzt ein dicker Kloß und treibt ihr die Tränen in die Augen. Sie hält es nicht länger auf ihrem Stuhl aus, springt auf und faucht: »Davon, dass du es so sagst, wird es aber übrigens nicht besser, Papa!«

Sie stürmt aus der Küche in ihr Zimmer und vergräbt wie am Abend zuvor das Gesicht in ihrem Kissen. Wenn sie doch bloß wüsste, was sie falsch gemacht hat! Warum hat Lou sie einfach fallen lassen wie eine heiße Kartoffel? Sie will keine heiße Kartoffel sein und erst recht will sie nicht fallen gelassen werden. Dieses Mal ist es nicht Marlenes Hand, die ihr tröstend über die Wange streicht, sondern die ihrer Mutter.

»Komm mal her, mein Mäuschen.« Sie zieht Fritzi sachte zu sich heran und nimmt sie in den Arm. »Freundschaften verändern sich mit der Zeit. Sie sind wie zwei Linien, die man ohne Lineal auf ein Papier malt. Es gibt Stellen, da sind sie sich ganz nah, kreuzen sich andauernd oder laufen sogar übereinander. Und dann gibt es Stellen, da sind sie weiter voneinander weg, das heißt aber nicht, dass sie sich auf dem nächsten Blatt nicht wieder näherkommen können.«

Fritzi vergräbt ihr Gesicht tief in Mamas Pullover, der so gut nach Sägespänen riecht. Sicher hat sie heute wieder irgendwelche alten Möbel restauriert.

»Weißt du, was das Schlimmste ist?«, schluchzt Fritzi.

»Was denn?«

»Ich weiß nicht mal mehr, ob ich sie als Freundin überhaupt noch zurückhaben will. Sie kommt mir auf einmal so blöd vor. Gleichzeitig vermisse ich unsere Gespräche, unsere Ausflüge.«

»Das verstehe ich.« Ulla streicht Fritzi über das glatte, glänzende nussbraune Haar. »Lass dir deine Leidenschaft für das Longboardfahren nicht von ihr kaputtmachen, ja? Versprich mir das.«

»Ich dachte, du magst es nicht.«

»Mir gefällt aber, dass es etwas gibt, was du leidenschaftlich gerne machst!«

Fritzi lächelt. »Das ist gut zu wissen.«

»Wie hast du dich wegen der Französischklasse entschieden?«

»Ich hasse Herrn Mollenhauer.«

»Na, dann nichts wie wechseln, oder?«

»Aber der Platz wäre in Lous Klasse.«

»Ausgerechnet!«

»Ja«, sagt Fritzi gequält, »was soll ich jetzt bloß machen?«

»Du hast zwei Möglichkeiten«, antwortet Ulla, »entweder du kümmerst dich erst mal um deine Sachen und wartest einfach ab bis zum nächsten Blatt Papier. Dann guckst du, ob sich eure Linien von alleine wieder annähern.«

»Oder?«

»Oder du versuchst selbst, eure Linien wieder zusammenzubringen. In dem Fall könntest du noch mal mit Lou wegen ihrer Party reden und in ihre Klasse wechseln. Vielleicht aber auch nicht, das entscheidest nur du und machst es am besten auch nicht von irgendwelchen Freundinnen abhängig. Entscheide für dich.«

»Ich möchte Chiara als Freundin eigentlich behalten.«

»Sie sieht sehr nett aus.«

»Ist sie auch!« Fritzi strahlt. »Ich mag sie richtig gern. Und weißt du, wen noch?«

Ulla guckt sie erwartungsvoll an.

»Wir haben uns jetzt auch mit Peti angefreundet.«

»Der Tochter von Kommissar Nowak?«

Fritzi nickt.

»Das ist ja interessant.«

Fritzi versteht nicht ganz, was daran interessant sein soll, aber sie erfährt es an diesem Abend auch nicht mehr. Marlene kommt hereingestürmt und besteht auf einen ordentlichen Kuschelknoten. Was bedeutet, dass sich alle drei Winter-Frauen in einem knotenähnlichen Geklüngel auf dem Boden herumwälzen und sich gegenseitig kampfkuschelmäßig kitzeln, bis sie vor Lachen keine Luft mehr bekommen.

Am nächsten Morgen sitzen Fritzi und Chiara schon auf Fritzis Tisch, als Peti das Klassenzimmer betritt. Sie strahlt über das ganze Gesicht. »Guten Morgen, Chaosköniginnen«, sagt sie stolz.

»Morgen, Oberchaoskönigin«, gibt Fritzi zurück.

Billa wirft ihnen einen beleidigten Blick zu. Sie schenken ihr keine Beachtung. Peti zieht ohne Umschweife ihren ramponierten Kalender hervor und schlägt ihn auf. »Wir haben viel zu tun!«

»Zu tun? Sind wir etwa ein Arbeitskreis? Ich dachte, wir wären eine Gang oder Bande oder so. Halt was Cooles« sagt Chiara.

»Ja, und gerade deswegen brauchen wir noch eine Begrüßungsgeste, ein Geheimversteck und vielleicht auch eine Geheimsprache.«

»Bei uns im Garten steht ein alter ...«, doch weiter kommt Fritzi nicht, denn Herr Mollenhauer betritt auf die

Sekunde pünktlich den Raum. Fritzi, Chiara und Peti setzen sich hastig auf ihre Plätze. Nach dem gestrigen Vorfall will Fritzi auf keinen Fall riskieren, Herrn Mollenhauer erneut ins Visier zu geraten.

»Morgen, allerseits.« Ohne seine Schüler eines Blickes zu würdigen, nimmt Herr Mollenhauer das Klassenbuch zur Hand und verliest die Namensliste. Ein Schüler nach dem anderen antwortet: »Hier« oder »Ja«. Niemand fehlt. »So, meine Herrschaften, heute Mathematik. Wer rechnet die Hausaufgabe an der Tafel vor?«

Fritzis Hand schnellt in die Höhe. Herr Mollenhauer sieht sie überrascht an. »Was ist los, Fritzi? Müssen Sie aufs Klo? Wollen Sie mir sagen, dass Sie die Hausaufgaben nicht gemacht oder Ihre Strafarbeit vergessen haben? Ich kenn doch die Tricks!«

Fritzi schüttelt den Kopf. »Ich würde gern die Hausaufgaben anschreiben.«

Herr Mollenhauer ist sichtlich erstaunt. »Ach?! Na dann, legen Sie mal los.« Er hält ihr ein Stück Kreide entgegen.

Fritzi geht mit ihrem Arbeitsblatt vor zur Tafel und klappt sie auf. Die ganze Klasse bricht in schallendes Gelächter aus. Fritzi blickt sich verwirrt um.

Was ist los? Hat ihr Torben was Fieses auf den Rücken geklebt? Oh weh, bitte heute nicht schon wieder so ein Chaos! Dann endlich entdeckt Fritzi den Grund, warum ihre Mitschüler lauthals lachen, genau vor sich.

Jemand, der verdammt gut zeichnen kann, hat Herrn Mollenhauer und Torben sich küssend an die Tafel gemalt und darübergeschrieben: Torben + Molli = ♥

Fritzi wirft Torben einen prüfenden Blick zu. Er hat den Kopf gesenkt, die Brauen zusammengezogen und die Arme vor der Brust verschränkt. Jede Zelle seines Körpers strahlt aus, dass er diesen Witz ganz und gar nicht lustig findet.

Das Gelächter ihrer Klassenkameraden nimmt einfach kein Ende und Fritzi kann förmlich sehen, wie Torben rot anläuft. Für den Bruchteil einer Sekunde tut er ihr leid. Bis sie sich daran erinnert, was er mit Petis Kalender angestellt hat, und das Mitleid verfliegt. Soll er mal merken, wie es ist, von der ganzen Klasse ausgebuht zu werden … Vielleicht hört er dann endlich damit auf, andere zu ärgern. Herr Mollenhauer gibt ein undeutbares, krächzendes Hüsteln von sich. Erst jetzt wird Fritzi voller Schrecken bewusst, dass sich die Zeichnung ja nicht nur über Torben, sondern auch über Herrn Mollenhauer lustig macht. Und sie selbst ist die Schülerin, die hier genau in seiner Schussrichtung steht. Sie meint, kleine Schweißperlen auf seiner Stirn zu erkennen.

»Ich war das nicht, Herr Mollenhauer, das müssen Sie mir glauben! Ich wollte wirklich bloß meine Hausaufgaben anschreiben, ich hab da nichts mit zu tun.«

Der strenge Lehrer hat inzwischen faustgroße, rote Flecken im Gesicht. »Wollen Sie mich für dumm verkaufen, Fräulein Winter? Glauben Sie, ich als Mathematiklehrer wäre nicht in der Lage, eins und eins zusammenzuzählen? Wenn Sie das gewesen wären, hätten Sie sich doch niemals freiwillig gemeldet!«, schimpft er und Fritzi nickt heftig.

»Genau, stimmt. Absolut richtig.«

Herr Mollenhauer zieht sein Handy hervor und macht ein Foto von der Zeichnung.

»Das dürfen Sie aber nicht rumschicken! Das verbiete ich!«, ruft Torben aufgebracht.

»Mit ihrem Einverständnis zeige ich es Herrn Schmidt, Ihrem Kunstlehrer, und erfrage, zu welchem Schüler dieser Zeichenstil passt.« Herr Mollenhauer kann sich ein selbstgefälliges Grinsen nicht verkneifen und steckt sein Handy wieder weg.

»Wischen Sie diesen Humbug weg, Fritzi, und schreiben sie an: Ho-mo-se-xu-a-li-ta-tis.«

Fritzi schluckt. »Aber haben wir nicht eigentlich Mathe?«

»Ja, später. Die Gelegenheit, diesem lateinischen Wort auf den Grund zu gehen, lassen wir uns doch nicht entgehen, nicht wahr, Fräulein Winter?!«

Fritzi errötet, folgt aber der Anweisung.

»Und nun übersetzen wir. Freiwillige vor? Was bedeutet das?«

Ein Junge ruft: »Torben ist schwul.«

Alle lachen, nur Herr Mollenhauer schüttelt ernst den Kopf. »Sachlich bleiben, meine Herrschaften. Also dann, Lauscher auf! Das Wort bedeutet Gleichgeschlechtlichkeit, im engeren Sinne auch Homophilie, von griechisch

›gleich‹, bezeichnet je nach Verwendung gleichgeschlechtliches, sexuelles Ver...«

Weiter kommt Herr Mollenhauer nicht, denn in der Klasse bricht lautes Gelächter aus.

»Ja, se-xu-el-les Ver-hal-ten«, ruft er gegen den Lärm an und treibt damit nun wirklich auch der letzten Schülerin die Schamesröte ins Gesicht. »Also bitte, hören Sie doch zu! Erotische Anziehung gegenüber Personen des eigenen Geschlechts. Haben Sie das alle verstanden?«

Das Gelächter legt sich nur allmählich.

»Und nun noch mal zum Mitschreiben: Diese Zeichnung hier wird Konsequenzen haben! Wenn sich der Künstler jedoch freiwillig nach der Stunde bei mir meldet, bin ich bereit, die Sache zu vergessen. Wenn ich aber gezwungen werde, Nachforschungen anzustellen, muss ich Frau Doktor Fleck über alles in Kenntnis setzen.«

Die Schüler beginnen zu tuscheln.

»Und nun, Fräulein Winter, endlich zur Hausaufgabe. Gleichung mit einer Unbekannten nach x aufzulösen.«

Fritzi nickt, doch das Herz rutscht ihr in die Hose – in dem ganzen Trubel hat sie ihr Arbeitsblatt eingerollt und so sehr geknickt, dass die mit Bleistift geschriebenen Zahlen kaum noch zu lesen sind. Sie schreibt die Aufgabe an und versucht, sich zu konzentrieren. Sie kann das, sie will das schaffen, sie muss das jetzt schaffen. Fritzi rechnet, was das Zeug hält. Herr Mollenhauer trommelt mit den Fingern auf seinem Pult. »Und Fritzi, wie stehts, was ist x?«

»X ist gleich Fünf.«

Herr Mollenhauer lüpft anerkennend die Brauen. Das scheint wohl »gut gemacht« zu bedeuten.

Sie gibt ihm erleichtert die Kreide zurück. Auf dem Weg zu ihrem Platz bleibt ihr Blick an Peti hängen. Sie ist ganz blass im Gesicht und blättert panisch in ihrem Kalender.

Fritzi erkennt sofort, dass Peti kurz vor dem Weinen ist.

»Was ist los?«, fragt sie lautlos. Peti deutet hektisch auf ihren Kalender. Fritzi versteht nur Bahnhof.

Kaum sind sie auf dem Pausenhof, platzt es aus Fritzi heraus: »Was ist denn los?!«

Auf Petis bleichem Gesicht zeichnen sich kreisrunde, rote Schockflecken ab.

»Peti, jetzt sag schon.« Chiara ist drauf und dran, die Informationen aus ihr herauszuschütteln.

Peti lässt sich erschöpft auf eine Bank fallen und beobachtet Torben aus der Ferne. Er wird scheinbar von den anderen Jungen geärgert. Fritzi und Chiara setzen sich neben sie.

»Er ist weg, einfach weg!«, stöhnt Peti verzweifelt.

»Wer ist weg?«, hakt Chiara nach.

»Der 19. Mai, er ist weg.«

Fritzi und Chiara tauschen vielsagende Blicke. Keine der beiden versteht, was an dem Datum so wichtig sein soll, schließlich haben sie gerade September.

»Könnte sein, dass Torben sich an ein paar Seiten festgekrallt hat und sie versehentlich herausgerissen wurden. Oder war das Bo? Weiß ich nicht mehr.«

»Ein paar?«

»Ja, ich glaub, zwei, drei oder so.«

»Hast du sie ihm abgenommen?«, fragt Peti hoffnungsvoll.

Fritzi schüttelt den Kopf und Peti sackt in sich zusammen wie ein Häufchen Elend.

»Das ist mein Untergang«, sagt sie mit zittriger Stimme.

»Wieso?«

»Oh nein, Peti, was stand denn da drauf?!«, fragt Fritzi besorgt. Sie reicht Peti ein Taschentuch und Chiara streicht ihr beruhigend über den Rücken.

»Vielleicht haben die die Seiten ja gar nicht gelesen?«, mutmaßt Fritzi.

»Genau, Bo hat die Seite bestimmt direkt weggeworfen, was sollte er auch damit?«, stimmt Chiara zu.

»Ganz bestimmt hat er sie gelesen«, stöhnt Peti.

»Warum bist du dir da so sicher?«

Peti fasst sich allmählich und schnäuzt ein letztes Mal kräftig. Das Taschentuch reißt und sie hat ihren eigenen Schleim an den Fingern. »Iiih, oh manno«, jammert sie.

»Mein Vater sagt immer: Wenn du keine Serviette hast, schmier es an die Socken, da sieht es keiner«, erklärt Fritzi.

Chiara nickt. Daraufhin schlüpft Peti aus einem ihrer abgewetzten buntkarierten Vans und wischt sich die Hände an dem gelben Socken ab.

»Bisschen eklig ist das aber schon!«, findet Chiara.

Fritzi und Peti schmunzeln.

»Den musst du aufbewahren, wenn dir jemand dumm kommt, wirfst du ihm den Rotzesocken einfach ins Gesicht.«

Fritzi und Chiara lachen und auch Peti stimmt mit ein.

»Sollen wir raten, was am 19. Mai stand? Oder sagst du uns jetzt mal, worum es hier eigentlich geht?«

Peti zuckt mit den Schultern.

»Steht auf der Seite, dass du in Torben verliebt bist?«, tippt Chiara.

Peti presst die Lippen aufeinander. »Auch«, stößt sie dann zwischen den Lippen hervor und für einen Moment werden ihr Wangen knallrot.

»Auch?«, fragen Fritzi und Chiara wie aus einem Munde. »Was denn noch?«

Peti schlägt sich mit der Faust gegen den Kopf. »Ich bin so hohl, so hohl! Warum hab ich das nur aufgeschrieben? Ich wünschte, ich hätte es niemals nur gedacht.«

Fritzi erträgt die Spannung nicht länger. »Petruschka, jetzt mal Butter bei die Fische! Was ist los? Wir können dir nur helfen, wenn wir alles wissen.«

»Okay«, ergibt sich Peti ihrem Schicksal. »Seit der Fünften gehen Torben und ich in dieselbe Klasse. Am Anfang haben wir nebeneinandergesessen, wir waren sogar so was wie Freunde. Einen Nachmittag war er mit bei mir zu Hause, am nächsten ich bei ihm. Von einem auf den anderen Tag hat er sich weggesetzt und wollte auch nichts mehr mit mir zu tun haben.«

»Und das stand da?«

»Auch. Warte. Ich war echt traurig, weil ich einen Freund verloren hatte.«

»Das ist ja fast wie bei Lou und mir!«

»Ich hab mich immer gefragt, was ich falsch gemacht habe, vor allem, weil Torben mich seitdem nur noch geärgert hat. So wie auch jetzt oft.« Peti schnäuzt sich erneut, dieses Mal direkt in ihre Socke. »Mein Bruder sagt, was sich neckt, das liebt sich. Also hab ich überlegt, ob Torben vielleicht in mich verliebt ist und wie das wohl wäre, wenn … na ja, egal.« Ein Hauch Rosa huscht über Petis Wangen. »Als ich so überlegt habe, ob er in mich … hab ich natürlich auch ganz kurz gedacht, dass ich in ihn … äh, na ja, aber das ist ja Schnee von gestern … Jedenfalls wollte ich Torben schon mal fragen.«

»Was fragen?«, hakt Chiara ganz gebannt von Petis Erzählung nach.

»Na, ob er in mich verliebt ist.«

»Aber?«, stößt Fritzi aus.

»Als ich das gemacht habe, hat er gesagt: Das hättest du wohl gerne. Danach kam mir in den Sinn, dass er vielleicht schwul ist.«

Chiara und Fritzi klappen synchron die Münder auf.

»Ich hab sogar richtig viele Indizien gefunden, die dafür sprechen!«

»Und das steht alles auf der Kalenderseite vom 19. Mai?«, vergewissert sich Fritzi.

Peti nickt niedergeschlagen. »Ja! Und ich wette, das findet Torben gar nicht witzig. Wenn der rauskriegt, dass er den ganzen Ärger nur wegen mir hat, macht der mich einen Kopf kürzer!«

Fritzi sieht zu Torben hinüber, der gerade von den anderen Jungen im Kreis geschubst wird und daraufhin einen Wutanfall bekommt. Sie schluckt.

»Woher willst du wissen, dass er nicht längst schon weiß, von wem die Theorie stammt?«

»Das ist Torben, der trägt sein Herz auf der Zunge, wenn ihn was ärgert, muss es raus, und zwar sofort. Glaub mir, ich kenn ihn«, gibt Peti zurück.

»Verstehe. Dann sollten wir mit Bo reden, oder?«

»Ich weiß es nicht.«

»Ist Torben denn wirklich schwul?«, will Chiara mit Bedauern in der Stimme wissen. »Was hast du denn genau für Indizien?«

»Das erzähl ich euch nur an einem Ort, wo uns fünfhundertprozentig niemand zuhört!«

TUSSI-KUSSI UND GANGSTER-BOUNCE

Fritzi, Chiara und Peti schlagen sich durch die hüfthohe Wiese hinter der Grünen Gans. Die meisten Blumen sind verblüht, die Blätter an den Bäumen färben sich allmählich bunt.

»Der Sommer ist jetzt echt vorbei, Leute«, stellt Fritzi traurig fest und lässt sich die Handinnenflächen von den Spitzen der Grashalme kitzeln.

»Ich mag den Herbst«, sagt Chiara und stapft hinter ihr her.

»Ich mag aber auch den Winter und den Sommer und den Frühling.«

»Ich mag den Frühling und den Herbst am liebsten. Da passiert so viel, alles verändert sich«, sagt Peti und schaut verträumt ein paar Grashüpfern hinterher, die vor ihnen durch die Wiese springen. Das Neustädter Bächlein plätschert ganz in der Nähe und Vögel zwitschern. »Was glaubt ihr, wie lange niemand mehr hier war?«, will sie wissen.

Fritzi zuckt mit den Schultern. »Bestimmt 'ne halbe Ewigkeit, mein Vater nennt es ›unser Biotop‹. Er findet, die Natur braucht Orte, wo sie machen kann, was sie will.«

»Meinst du, er wird sauer, wenn wir uns hier einquartieren?«

»Solange wir die Natur machen lassen, was sie will, bestimmt nicht.«

»Es fühlt sich an, als wäre Neustadt am anderen Ende der Welt«, haucht Chiara ganz begeistert. »Das ist eine richtige Oase hier, wir sind ganz für uns allein!«

»Seht mal, da hinter der großen Eiche.«

In einiger Entfernung ragt eine zweistämmige Eiche empor. Undeutlich ist etwas wie ein Haufen altes Blech zu sehen.

»Was ist das denn?«, fragt Peti neugierig.

»Meine Mutter wollte Schweißen lernen«, erklärt Fritzi, während sie näher herangehen.

»Ich bin nicht sicher, ob sie es geschafft hat«, bemerkt Peti trocken und gibt sich keine Mühe, ihre Skepsis zu verbergen.

»Doch, klar!«, sagt Chiara voller Begeisterung. »Sie hat eine Blechhütte auf die Pritsche des Transporters geschweißt.«

Eine wild gewordene Winde umwuchert das Gefährt und welkende weiße und lilafarbene Blüten zieren die Konstruktion.

»Es hat sogar eine Tür!«, stellt Chiara begeistert fest. »Und Fenster!«

»Na, dann mal hereinspaziert.« Fritzi klappt eine kleine Trittleiter von der Laderampe herunter und steigt auf die Ladefläche des Transporters. Sie mutet wie eine kleine Veranda an.

»Bist du sicher, dass das Ganze nicht einstürzt?«, fragt Peti zweifelnd.

»Sicher bin ich nicht«, murmelt Fritzi, ist aber schon in der Blechhütte verschwunden. »Aber ich glaub, es ist stabil genug.«

Chiara folgt ihr auf dem Fuß. »Hallo?«, ruft sie. »Jemand zu Hause?«

Stille.

»Leute, hat eine von euch ein Handy mit Internet? Vielleicht sollten wir unseren Eltern kurz den Standort schicken?«, schlägt Peti vor. »Nur falls uns was passiert?«

Fritzi streckt den Kopf aus der Hütte. »Wusste gar nicht, dass du so ängstlich bist.«

»Bin ich nicht, ich durchdenke einfach die Konsequenzen meines Handelns, bevor ich handle«, kontert Peti.

»Ich finde, vorsichtig sein ist gar nicht schlimm!«, mischt sich Chiara ein. »Ich bin oft ängstlich. Ich schreib meiner Schwester, okay?«

»Aber dann ist das hier kein Geheimversteck mehr!«, gibt Fritzi zu bedenken.

»Auch wieder wahr!«, lenkt Peti ein.

»Vorschlag«, sagt Fritzi. »Ich mache einen Härtetest mit der Hütte. Okay?«

»Und wie soll der aussehen?«

»Siehst du gleich.« Fritzi springt mit einem Satz von der Laderampe und läuft einmal um das ganze Auto rum. Sie tritt gegen jeden Reifen und prüft, ob sie standhalten.

Dann stellt sie sich hinter den Wagen und versucht, ihn zu schieben. Er bewegt sich keinen Millimeter. »Packt mal mit an.«

Die drei Mädchen stellen sich nebeneinander an das Heck des Fahrzeugs und versuchen, mit aller Kraft es zu bewegen.

»Fest. Solides Fundament, schon mal gut, würde ich sagen.« Als Nächstes geht Fritzi vor zum Fahrerhäuschen und rüttelt an der Tür. »Verschlossen«, sie zuckt mit den Schultern. »Vielleicht kann ich den Schlüssel von meiner Mutter auftreiben.« Sie geht wieder zur Rückseite des Wagens und steigt über die Leiter auf die Ladefläche. Dort fängt sie völlig unerwartet an, wie wild auf und ab zu hüpfen.

Peti lässt vor lauter Schreck einen kleinen Schrei los. Chiara lacht laut. Die ganze Blechhütte wackelt und knarzt.

Fritzi hat diebische Freude an ihrem Test. »Fürs Protokoll: Die Stoßdämpfer sind spitze!«

»Ist notiert.« Peti schmunzelt. »Jetzt noch die Hütte, bitte.«

Geschickt klettert Fritzi auf das Wellblechdach der Hütte und richtet sich auf.

»Hoffentlich macht deine Mutter keine halben Sachen«, sorgt sich Peti und kneift in Erwartung des Unheils die Augen zusammen. Fritzi verlagert ihr Gewicht von einem Bein aufs andere – nichts. Und dann springt sie erneut los, es scheppert und quietscht. Aber die Hütte hält.

»Also wenn ihr mich fragt, übersteht das Ding hier sogar einen Sturm.«

»Yes!«, freut sich Chiara und klettert wieder auf die Pritsche.

»Na dann!«, freut sich nun auch Peti und steigt vorsichtig die Leiter hinauf.

Fritzi, Chiara und Peti sehen sich im Innenraum um.

»Alle Achtung«, sagt Peti anerkennend. »Da hat deine Ma aber ganz schöne Arbeit geleistet.« Vor den Fenstern zu allen Seiten hängen niedliche Blumengardinen. Man kann bis ins Fahrerhäuschen des Transporters gehen. Fahrer- und Beifahrersitz sind durch drehbare Friseursessel ersetzt worden und auf einem kleinen Tisch steht eine winzige Porzellanvase mit Sternen darauf.

»Süüüß!«, kreischt Chiara bei ihrem Anblick.

»Willkommen im Chaosquartier«, sagt Fritzi und macht eine einladende Geste.

»Ich finds mega!« Chiara strahlt über das ganze Gesicht.

»Mir gefällt es auch gut«, erklärt Peti. »Nur putzen müssten wir mal!«

»Wie ich meine Mutter kenne«, überlegt Fritzi laut und geht vor ins Fahrerhäuschen, »hat sie hier Putzzeug deponiert.« Sie zieht eine Kiste unter dem Beifahrersitz hervor.

»Ideal!«, sagt Peti und lächelt endlich.

»Ideal?«, grunzt Fritzi amüsiert. »Was ist das denn für ein Ausdruck. So redet man doch nicht.«

»Wieso?«, fragt Peti unverhohlen. »Ich finde, ideal ist nahezu perfekt.«

»Und was wäre dann perfekt?«

»Na, wenn es zum Beispiel noch fließendes Wasser gäbe!«

»Es gibt einen Wassertank, den können wir befüllen.«

»Perfekt!« Jetzt strahlt auch Peti.

»Um nicht zu sagen: Ideal!«, scherzt Fritzi.

Chiara öffnet eines der rostigen Fenster, streckt den Kopf hinaus und ruft: »Hoch leben die Chaosköniginnen! Auf dass meine Eltern uns an diesem Ort niemals finden!«

Fritzi und Peti lachen.

»Mein Vater kommt hier auch nicht vorbei«, fügt Peti hinzu. »Und Torben sicher auch nicht!«

»Heißt das, ihr seid einverstanden mit unserem Hauptquartier?«, fragt Fritzi hoffnungsvoll.

Sie hat früher, als ihre Mutter gerade mit dem Schweißen fertig war, mal versucht, Lou zu einer Übernachtung an diesem Ort zu überreden, aber ohne Erfolg. Lou mag keine Spinnen, ganz zu schweigen davon, dass sie noch nie durch hohes Gras gelaufen ist, weil sie Angst vor Zecken hat.

Fritzi schaut Chiara und Peti erwartungsvoll an. Beide nicken und sie klatscht glücklich in die Hände.

»Wo ist der Wassertank?«, will Peti wissen.

Fritzi zeigt ihr den Schrank unter der Spüle und schraubt den Deckel des Kanisters ab.

»Wenn du auf die Terrasse der Grünen Gans kommst, ist der Schlauch auf der linken Hausseite bei den Rosen. Der hängt da an der Wand.«

»Krieg ich hin.«

Chiara öffnet einen Wandschrank und holt ein niedliches Puppengeschirr heraus. »Schau mal!«

»Ach, da ist das.«

»Gehört das dir?«

»Ja, Marlene und ich haben damit gespielt, als wir klein waren, dann war es irgendwann weg.«

Fritzi wischt die Flächen mit Taschentüchern und Glasreiniger. Chiara fegt die Stube aus.

Als Peti zurückkehrt, hieven die drei den Wasserkanister gemeinsam zurück in den Schrank. Peti lässt sich erschöpft auf die Bank fallen und Chiara packt eine Thermoskanne mit Kakao aus.

»Verrätst du uns jetzt endlich deine Indizien, Peti?«, fragt Fritzi.

Peti nickt, und während Chiara Kakao ausschenkt, beginnt sie aufzuzählen. »Punkt eins: Torben trägt rosafarbene Strümpfe!«

Fritzi lacht. »Richtig schweinchenrosa? So viel Selbstbewusstsein hätte ich ihm gar nicht zugetraut!«

Peti nickt heftig. »Doch, doch! Er hat bestimmt fünf oder sechs Paar!«

»Eigentlich schön, oder?«, sinniert Chiara verträumt.

»Punkt zwei: Ich hab mitbekommen, wie Torben eine der Eiscafé-Tussis so richtig fies abserviert hat, weil er lieber was mit Yessin unternehmen wollte.«

»Ist Yessin etwa auch schwul?«, fragt Chiara enttäuscht. »Der ist doch so süß.«

»Was ist an dem bitte süß?«, will Fritzi verständnislos wissen.

Chiara zuckt mit den Schultern. »Keine Ahnung, ich find ihn süß. Diese grünen Augen, die dunklen Haare, seine Grübchen. Wär doch schade, wenn er nicht auf Mädchen stehen würde.«

»Der nicht. Aber die Eiscafé-Tussis sind ja wohl total beliebt!«, gibt Peti zu bedenken. »Alle, ungelogen alle Jungen würden sich sofort mit denen treffen wollen. Und bis vor ein paar Tagen dachte ich noch, die wäre vielleicht einfach nicht sein Typ, so wie ich auch nicht sein Typ bin, oder so, kann ja sein. Dann hab ich gestern am Kiosk hinter ihm in der Schlange gestanden, als er sich eine Erdbeermilch gekauft hat.«

»Eine Erdbeermilch?«

»Und das trinken nur schwule Jungs?«, fragt Fritzi.

»Nein – wartet – dabei hab ich in Torbens Portemonnaie ein Foto von Justin Biber gesehen. Justin Biber! In Torbens Portemonnaie!«

»Ich hab auch eins!«, kreischt Chiara, zieht ihren Geldbeutel hervor und zeigt es stolz in die Runde.

»Du bist aber auch ein Mädchen!«, stellt Peti fest.

»Richtig.«

»Und wenn Torben erfährt, dass ich das alles aufgeschrieben habe ...« Peti zieht mit ihrem Zeigefinger eine Linie über ihren Hals und röchelt.

»Was ist so schlimm daran, schwul zu sein?«, fragt Fritzi.

»Vielleicht ist er auch total froh, dass es endlich raus ist?«

Chiara räuspert sich. »Schwul sein heißt doch einfach nur, dass Jungs Jungs mögen, oder?«

Peti nickt.

»Ja und? Warum ärgern sich Jungs immer so, wenn man das sagt?«, wundert sich Chiara.

»Weiß auch nicht«, sagt Fritzi und zuckt mit den Schultern.

»Meinen Bruder bringt das auch so richtig auf die Palme.«

»Eigentlich ist Bo doch das viel größere Problem, oder? Er hat schließlich deine Tagebuchseiten«, überlegt Chiara laut.

»Das wissen wir nicht mit Sicherheit!«, gibt Fritzi zu bedenken.

»Bo ist die größte Tratschtante in ganz Neustadt, wenn ich Pech habe, postet er gleich ein Foto vom 19. Mai.«

»Wir könnten 'nen Gegenpost machen«, schlägt Fritzi vor.

»Gegenpost?« Peti ist nicht überzeugt. »Was bringt das dann noch?«

Chiara seufzt. »Aber wir brauchen doch eine Strategie.«

»Ich glaube, es wäre am besten, wir würden es auf dem direkten Weg lösen«, überlegt Fritzi laut vor sich hin.

»Wie meinst du das?«

»Wie wäre es, wenn du einfach mit Torben redest? Nicht alleine versteht sich, wir wären natürlich dabei, aber du schilderst ihm die ganze Sache und dann weiß er, dass du nichts damit zu tun hast. Letztlich ist er doch selbst schuld, dass sich deine Theorien über ihn verbreiten, schließlich hat er deinen Kalender überhaupt gestohlen.«

»Mhm …«, brummt Fritzi. »Petis letzter Versuch, mit dem zu reden, ist auch nach hinten losgegangen, Chiara!«

»Stimmt … Aber was, wenn wir ihn auf unsere Seite ziehen? Wir könnten sagen: Wir haben das Gerücht verbreitet, also können wir dir auch helfen, es wieder rückgängig zu machen. Aber dafür darfst du Peti nichts antun und sie nie wieder piesacken.«

»Nee, das will ich nicht so gerne«, gibt Peti zu. »Ich wette, Torben würde lieber als Mädchen verkleidet zur Schule kommen, als mit mir gemeinsame Sache zu machen.«

Plötzlich klingelt Chiaras Handy.

»Ach du je, schon so spät?«

»Wie viel Uhr ist es denn?«, fragt Peti mit einem Anflug von Sorge in der Stimme.

»Gleich sieben.«

»Was, schon?« Fritzi kann es kaum glauben.

»Wie blöd, ich muss los.«

»Ich auch!«

Die Mädchen steigen nacheinander aus dem Bandenquartier und laufen gemeinsam durch die wild wuchernde Wiese zurück.

Peti zuckt mit den Schultern. »Ich hoffe einfach, dass er nicht darauf kommt, dass ich schuld an diesen Gerüchten bin. Abwarten und Tee trinken ist ja nicht die schlechteste Taktik, oder?«

»Und falls er dich doch angeht, kannst du ihn mit deinem Rotzesocken bewerfen«, will Fritzi sie aufmuntern.

»Iiih, du bist so eklig!«

Alle drei lachen.

»Bevor ich es vergesse …« Peti öffnet ihren Rucksack und zieht die To-do-Liste hervor. »Wir brauchen noch eine Begrüßungsgeste!«

Fritzi und Chiara tauschen vielsagende Blicke.

»Ich habe gestern Abend noch Begrüßungsbräuche recherchiert. Der Klassiker: High Five!« Peti schlägt ihre flache Hand gegen die von Fritzi.

Chiara schüttelt gelangweilt den Kopf.

»Oder einen Gangster-Bounce?« Peti schiebt ihre geschlossene Faust gegen die von Chiara.

Fritzi wirkt nicht überzeugt.

»Drei Küsschen wie in der Schweiz oder zwei wie in Frankreich?« Peti führt beides mit Chiara vor.

Fritzi ist dagegen. »Meine Mutter würde sagen, das ist irgendwie nullachtfünfzig.«

»Du meinst nullachtfünfzehn«, korrigiert sie Peti.

Chiara lacht. »Meine Mutter liebt deutsche Sprichworte, aber sie benutzt alle falsch. Bei ihr heißt es nullachtfünfzig.«

Fritzi schmunzelt. »Sehr sympathisch!«

»So, nun aber zurück zum Thema!«, fordert Peti. »Habt ihr Herpes?«

Chiara und Fritzi schütteln die Köpfe.

»Manche Mädchenbanden geben sich einen Kuss auf den Mund zur Begrüßung, aber …«, sie verstummt und es wird ziemlich klar, dass sie diese Option nicht wahnsinnig anziehend findet.

»Nee, so 'nen Tussi-Kussi will ich nicht«, platzt es aus Fritzi heraus.

»Außerdem gilt ein Kuss auf den Mund bei der italienischen Mafia als Morddrohung«, gibt Chiara zu bedenken.

»Wir könnten uns noch die Hände schütteln, einen Ellbogen-Check oder Fuß-Check machen«, fährt Peti fort. Sie schüttelt Chiaras Hand, stößt ihren Ellbogen gegen den von Fritzi und hebt den Fuß, aber keine der beiden anderen ist bereit mitzumachen.

»Nee, das ist nix«, befindet Fritzi.

»Dann hab ich noch die gute alte Kopfnuss im Angebot, Freiwillige vor!«

Fritzi und Chiara rühren sich nicht von der Stelle.

»Wie wäre es mit Gorilla-Bounce?«

»Was soll das denn sein?«, fragt Chiara.

»Na, man stellt sich voreinander hin und springt mit den Brustkörben gegeneinander. Aber mein Busen wächst gerade und das tut bestimmt ziemlich weh. Also denke ich, das lassen wir besser.«

»Nee, das machen wir nicht!«

»Wir könnten uns auch einfach Hallo sagen?«, überlegt Fritzi laut.

»Wie lahm ist das denn?«, mault Chiara.

»Eine Idee hätte ich noch. Ihr macht das Peace-Zeichen und streckt das vor in die Mitte, das ergibt: ein Dreieck.«

Alle drei strecken ihre Hände mit gespreiztem Zeige- und Mittelfinger in die Mitte.

»Sozusagen ein Bermudadreieck!«

»Der Chaosköniginnengruß«, stellt Fritzi zufrieden fest.

»Gefällt mir auch gut!«, stimmt Chiara zu.

»Super!«, freut sich Peti. »Na dann! Bis morgen!«

WO DIE LIEBE HINFÄLLT ...

Als Fritzi am nächsten Morgen in die Schule kommt, liegen ein paar Flugblätter auf dem Boden herum. Sie stoppt ihr Longboard und hebt eins auf. Es ist eine Kopie vom 19. Mai.

»Von wegen er postet es!«, entfährt es Fritzi und sie beginnt eilig, die am Boden liegenden Blätter einzusammeln. Was für ein Chaos! Während Fritzi, so schnell sie kann, ein Papier nach dem anderen aufhebt, laufen ihre Klassenkameraden johlend an ihr vorbei und zitieren lautstark Petis Theorien über Torbens Vorlieben.

Am Eingang der Sporthalle angekommen, wird Fritzi das Ausmaß des Chaos' langsam klar – es handelt sich nicht nur um ein paar Kopien! Der Weg wurde mit den Ausdrucken geradezu gepflastert. Beinahe alle Umstehenden haben ein Flugblatt in der Hand. Mitten im Gewühl entdeckt Fritzi Chiara. Auch sie ist damit beschäftigt, allen die Zettel abzunehmen. Fritzi winkt ihr zu, aber Chiara sieht sie nicht. Ihr Sportlehrer Herr Renneberg fährt mit seinem Trekkingfahrrad vor, als wäre es ein schickes Cabriolet. Er wendet sich der Meute zu, pfeift einmal kurz in seine Trillerpfeife und ruft dann: »Guten Morgen, ihr Sportskanonen, ab in die Umkleiden!«

Während die Schüler sich in Bewegung setzen, versucht Fritzi, sich zu Chiara durchzuschlagen. Sie schiebt sich zwischen ein paar Streberjungen hindurch und steht völlig unerwartet vor Emma und Lou. Die anderen Eiscafé-Tussis im Schlepptau. Alle haben Ausdrucke des Kalenderblatts in den Händen und machen sich offenbar gerade über Petis Überlegungen lustig.

»Gebt die her«, sagt Fritzi und nimmt ihnen, ohne zu zögern, die Kopien aus den Händen.

»Na, Fritz, mal wieder als Robin Hood unterwegs?«, fragt Emma gehässig.

Fritzi kann es nicht glauben – hat sie sich da gerade verhört?! Sie blickt verständnislos von Emma zu Lou und schüttelt den Kopf. »Sag mal, Lou, weiß Emma eigentlich, dass du vor den Ferien noch gesagt hast, Emma ist so hohl, dass man den Wind durch ihre Ohren rauschen hört?«

»So hab ich das nie gesagt!«, versucht Lou, sich rauszureden, aber Emmas Blick ist voller Empörung. Fritzi schlüpft an ihnen vorbei und spurtet hinter Chiara her, die gerade in der Mädchenumkleide verschwindet.

In der Umkleide riecht es nach Katzenpipi und Käsefüßen.

»Flugblätter! Wie oldschool ist das denn bitte?!«, fragt Fritzi und legt den gesammelten Stapel neben Chiara auf der Bank ab.

»Morgen.« Chiara lächelt, wirkt aber seltsam bedrückt.

»Hoffentlich sind die nicht in der ganzen Schule verteilt!«

»Glaub nicht. Ist Peti schon da?«

Chiara schüttelt den Kopf. »Hab sie noch nicht gesehen ... Wusstest du, dass wir Sport mit der Sieben a und der Sieben c zusammen haben?«

Fritzi folgt ihrem Blick. Emma, Lou und die restlichen Eiscafé-Tussis führen sich gegenseitig ihre ultrakurzen Sport-Hotpants vor und spielen sich auf, als wären sie der Mittelpunkt des Universums. Sie beobachtet, wie Emma herumstolziert und dann offenbar so tut, als wäre sie übergewichtig.

»Vergiss die!« Fritzi knufft Chiara liebevoll in die Seite.

Chiara nickt niedergeschlagen. »Nervt mich selbst, dass mich so was nervt.«

Emma und Lou ziehen lautstark kichernd mit ihrem Gefolge in die Sporthalle und in der Umkleide kehrt endlich ein wenig Ruhe ein.

»Was machen wir jetzt mit denen?« Chiara zeigt auf die Zettel.

Fritzi blickt sich suchend um, zuckt mit den Schultern und stopft sie in ihren Rucksack. »Erst mal verstecken und später wegwerfen, oder?«

Chiara nickt.

»Kannst du mir mal sagen, wann Schule eigentlich so zum Horror geworden ist? Warum reden hier alle entweder über Lous beknackte Party oder über diese Flugblätter?!«

Chiara zuckt mit den Schultern. »Ich habe keine Ahnung!«

Als die beiden wenig später in die Sporthalle kommen, fehlt immer noch jede Spur von Peti.

»So langsam mache ich mir Sorgen«, raunt Fritzi.

»Stellt euch bitte zu den anderen rüber«, fordert Herr Renneberg sie auf und gibt sich keine Mühe, seine Ungeduld zu verbergen. Er hat bereits zwei Mannschaftskapitäne aus der Schülerschar auserkoren. »Emma und Bo, ihr wählt eure Teams für das bevorstehende Brennballspiel. Ich hole Bälle und Teambänder.« Damit verschwindet ihr Lehrer ins Materiallager.

Bo nimmt einen Jungen nach dem anderen und bald ist Torben kurz vor dem Ausflippen. »Komm schon, Mann, hol mich in dein Team!«, ruft er Bo aufgebracht zu. Aber der schüttelt den Kopf. »Was kann ich dafür, was diese Petruschka sich für Lügen ausdenkt, he?!«, schreit Torben lautstark und zieht damit alle Blicke auf sich.

Chiara lehnt sich zu Fritzi hinüber. »Vielleicht hat Peti die Kopien gesehen und bleibt aus Angst vor Torben lieber zu Hause.«

»Das würde ihr Vater niemals durchgehen lassen.«

»Wahrscheinlich nicht. Aber wo ist sie dann?«

»Wenn nicht stimmt, was Peti geschrieben hat, dann beweis es doch!«, blafft Yessin zu Torben hinüber.

»Jaaa!«, ruft Emma feixend. »Beweis es doch!«

Immer mehr Schüler stimmen in die Anfeuerungsrufe ein und Torben sieht aus, als würde er jeden Augenblick platzen.

»Zum Glück ist Peti jetzt nicht hier, sonst würde er ihr bestimmt gleich an die Gurgel springen.«

»Aber echt!«

Völlig unerwartet setzt Torben sich in Bewegung und kommt auf Fritzi und Chiara zu.

»Was will der denn von uns?!«, gluckst Chiara mit einer Spur von Panik in der Stimme.

Fritzi macht sich bereit für den Zusammenprall mit Torben, doch der stürmt einfach an ihnen beiden vorbei – geradewegs auf Lou zu. Er nimmt ihr Gesicht in beide Hände und drückt seine Lippen auf ihre.

Lou reißt die Augen auf. Anerkennende Pfiffe tönen durch die Halle, einige Schüler lachen peinlich berührt, andere johlen voller Begeisterung. Fritzi kann kaum hinschauen. Es sieht aus, als würde Torben Lous Mund geradezu ablecken. Lou stößt ihn von sich weg und mit einem lauten Schmatzen lösen sich seine Lippen von ihrem Mund. Sie verpasst ihm eine schallende Ohrfeige und ein lautes Raunen geht durch die Schülermenge.

»Wenn man ein Mädchen küssen will, fragt man vorher, klar?« Lou sieht Torben empört an.

Der schrumpft in sich zusammen wie ein Frettchen. »Okay, tut mir leid.«

Lou nickt aufgebracht.

Da kommt Herr Renneberg zurück in die Halle und ruft: »Was ist denn hier los? Weiter jetzt, die Zeit läuft.«

Torben schlendert hinüber zu Yessin und Bo. »Ist das Beweis genug für euch?« Fritzi sieht, wie die beiden zustimmend nicken und einschlagen. Dabei entdeckt sie Peti in der Tür zur Umkleide. Sie wirkt irgendwie geschockt.

Auch Torben hat Peti entdeckt. Die beiden starren sich für einen Augenblick einfach nur an, dann macht Peti auf dem Absatz kehrt und rennt davon. Fritzi will schon hinterher, als Emma plötzlich ihren Namen aufruft.

»Lieber die als die Dicke, oder?«, raunt sie den Eiscafé-Tussis mit kaum gesenkter Stimme zu.

Chiaras Augen verengen sich zu Schlitzen. Sie funkelt Emma böse an.

»Zeigs ihr!«, sagt Fritzi und Chiara nickt entschlossen.

»… und dann geht der Bohnenstange doch tatsächlich die Puste aus! Ich hab gedacht, ich spinne, schlag 'nen Haken, ihr Ball geht an mir vorbei und ich schaff den Homerun.« Chiara ist von ihrer eigenen Leistung noch ganz baff und zieht sich ihren Pulli über den Kopf.

»Der hast du es so richtig gezeigt!«, gibt Fritzi zurück. Eigentlich würde sie Chiaras Freude gern euphorischer teilen, aber in ihrem Kopf herrscht totales Chaos. Alle reden nur noch übers Küssen. Die ganze Sportstunde lang haben ihre Mitschüler damit geprahlt, mit wem sie den Ersten hatten, wann und wie es passiert ist, mit Zunge oder ohne. Nur Fritzi hat nichts gesagt.

Was hätte sie auch sagen sollen? Es gibt nichts zu sagen. Fritzi ist ganz und gar ungeküsst. Und während sie so darüber nachdenkt, muss sie feststellen, dass sie auch überhaupt gar kein Interesse daran hat, mit irgendwem Speichel zu tauschen. Die unsanfte und sicherlich feuchte Begegnung von Lous Lippen mit denen von Torben sah alles andere als schön aus. Nass und flutschig. Wer weiß, wann Torben sich zuletzt die Zähne geputzt hat ... Vielleicht stinkt er ebenso schlimm aus dem Mund wie Herr Mollenhauer? Torben hat eindeutig versucht, seine Zunge in Lous Mund zu schieben. Allein bei der Erinnerung daran läuft ihr ein Schauer über den Rücken – abartige Vorstellung. Muss man das machen? Reicht es nicht einfach, die Lippen aufeinanderzulegen und gut? Aber auch diese Vorstellung reizt Fritzi kein bisschen. Im Gegenteil. Das Ganze ist ihr absolut ein Rätsel. Was soll die Zunge im Mund des anderen machen? Wie soll man die Lippen auf- und zubewegen, wenn die eigene Zunge im anderen Mund herumwurschtelt? Und wie schafft man es, die Zähne aus dem Spiel zu lassen? Und die Frage aller Fragen: Warum haben es alle so eilig damit?

Lou wollte im letzten Schuljahr mal mit ihr Knutschen üben, Fritzi nicht. Lou hat ihr daraufhin unterstellt, sie habe Angst davor, dabei fand Fritzi die Vorstellung, ihre beste Freundin zu küssen, bloß sehr seltsam. Vielleicht hat Lou ihr deswegen die Freundschaft gekündigt?! Wäre ein ziemlich komischer Grund. Ist doch nichts dabei, wenn man nicht möchte, oder? Aber dieser Gedanke hakt. Denn wenn es nicht so wäre, hätte Fritzi doch einfach zugegeben, dass sie noch nie geküsst hat, anstatt feige zu schweigen ...

Über all diese Überlegungen sind sie im Klassenzimmer angekommen und warten auf Herrn Mollenhauer und ihre nächste Lateinstunde.

Fritzi lässt den Blick durch die Reihen schweifen. Ihre Mitschüler sehen nicht gerade erfahren aus. Ist sie wirklich die Einzige, die noch nicht hat? Sogar das eine Strebermädchen mit den mausgrauen Haaren, von der man meistens vergisst, dass sie überhaupt existiert, hatte mehr als eine Geschichte zu dem Thema parat. Vielleicht ist Peti ja ebenso ungeküsst wie sie.

Ach du lieber Himmel: Peti.

»Wir müssen los, Chiara!«

»Was? Wohin?«

»Ich glaub, ich weiß, wo Peti ist!«

»Aber wir haben doch jetzt Latein.«

»Trotzdem!«

Fritzi springt auf und zieht Chiara mit sich aus dem Klassenzimmer.

Kurze Zeit später schlagen sich die Mädchen zusammen durchs Dickicht.

»Das gibt bestimmt richtig Ärger, Fritzi!« Chiara ist hörbar besorgt. »Und wir haben doch noch nicht mal die erste Abmahnung in der Post gehabt.«

»Wir sagen einfach, uns war übel oder so ... Niemand will kotzende Schüler im Klassenzimmer sitzen haben.«

»Und du meinst, dass kaufen die uns ab?«

»Ich schreib uns Entschuldigungen.«

»Du?«

Ohne weiter auf Chiaras Frage einzugehen, klettert Fritzi auf die Ladefläche des Transporters und öffnet die Tür zur Blechhütte. Da sitzt Peti, mit einem Buch in der Hand und liest, als wäre nichts.

»Da bist du ja!«

»Wo warst du denn?«, fragt Chiara, die hinter Fritzi im Türrahmen auftaucht.

»Na hier.«

»Und kurz in der Sporthalle.«

»Du hast mich gesehen?«

Fritzi nickt.

»Hast du gar nicht erzählt!«, mault Chiara.

»Ja, ich hatte keine Lust«, sagt Peti kleinlaut und weicht ihren Blicken aus.

»Sieht dir aber gar nicht ähnlich.« Fritzi schaut Peti prüfend an.

»Hast du mitbekommen, dass Torben Lou geküsst hat?«

Peti nickt.

»Das war so krass!« Chiara lässt sich auf den freien Platz neben sie fallen. »Ich meine, küssen, Leute, das ist so schön, oder? Wisst ihr, wie viele Nerven in den Lippen enden? Wenn die stimuliert werden, geht das direkt ins Gehirn, sagt meine Schwester. Deswegen kribbelt dann der ganze Körper, ach Mann, ich will auch knutschen, busseln, küssen, züngeln!«

»Iiih, Chiara, das ist so eklig«, platzt es aus Fritzi heraus.

»Du findest küssen eklig?«, vergewissert sich Peti.

Ups, dann ist die Katze also aus dem Sack. Fritzi nickt etwas beschämt. »Ihr wohl nicht?«

Beide schütteln die Köpfe.

»Meint ihr, mit mir stimmt was nicht?«

Peti und Chiara tauschen vielsagende Blicke.

»Hast du denn schon mal?«, fragt Chiara behutsam.

»Was?«

»Hast du schon mal geküsst?«, bringt Peti die Frage auf den Punkt.

Fritzi schluckt. »Klar«, sagt sie schnell, »schon oft!« Und bereut es im selben Augenblick.

»Dann war es vielleicht einfach nicht der Richtige!«, erwidert Chiara in dem Versuch, Fritzi damit zu trösten.

Fritzi nickt und fühlt sich grässlich schuldig. Warum hat sie ihre Freundinnen denn jetzt belogen?! Chiara und Peti sind gerade ihre einzigen Vertrauten. Wenn sie wirklich befreundet sind, müsste sie ihnen doch ohne schlechtes Gefühl die Wahrheit sagen können, oder?

Hoffentlich fliegt das nicht noch auf.

»Und wen hast du geküsst? Jemanden aus der Schule?«, fragt Peti neugierig.

Fritzi schüttelt schnell den Kopf. »Kennt ihr nicht, war im Urlaub.«

Die beiden kennen Familie Winter nicht gut genug, um zu wissen, dass sie niemals in den Urlaub fahren.

»Meint ihr, Torben hat Lou geküsst, weil er in sie verliebt ist?«, überlegt Chiara laut.

»Wenn das so ist, hätte er auf jeden Fall Pech«, gibt Peti zurück. »Lou war nämlich gestern mit Emma bei meinem Bruder zu Besuch. Angeblich nehmen sie Nachhilfe bei ihm.«

»Klingt, als würdest du das nicht glauben?«

Peti schnaubt amüsiert. »Nachhilfe bei meinem Bruder nehmen, ist ungefähr so, wie im Internet zu recherchieren, aber kein WLAN zu haben.«

Fritzi und Chiara lachen.

»Kein Witz! Mein Bruder sieht gut aus und er weiß echt viel über Skateboards, Fußball, Musik, Karate, Kochen und Pflanzen. Aber in der Schule ist er eine richtige Null.«

»Und warum nehmen die dann Nachhilfe bei ihm?«, fragt Chiara verständnislos.

»Die stehen auf den!«, gibt Peti abfällig zurück. »Genau wie die Mädchen aus seinem Jahrgang, die sind fast alle verliebt in ihn.«

Fritzi schüttelt ratlos den Kopf. »Dieses blöde Verliebtsein macht doch alles nur kompliziert.« Sie blickt von Chiara zu Peti, in der Hoffnung, bei ihren Freundinnen auf Zustimmung zu treffen, stattdessen erntet sie einen elendig langen Moment der Stille. Fritzi kommt ins Straucheln. »Findet ihr nicht?«

Chiara schüttelt den Kopf. »Also ehrlich gesagt wäre ich wirklich gern verliebt«, sie errötet. »Ich stelle es mir irgendwie schön vor.«

»Ich glaub auch, dass es ziemlich aufregend ist. Schrecklich und schön und spannend und anstrengend.« Ohne es zu merken, redet Peti sich in Rage. »Man kann an nichts anderes mehr denken und es ist, als würde man die Kontrolle über die eigenen Gedanken verlieren. Wenn man ihn ansieht, fühlt es sich an, als würde man mit dem Fahrrad über eine Sprungschanze fahren, und wenn man ihn dann mit einer anderen sieht, fliegt man volles Rohr auf die Fresse. Ohne Helm.«

Fritzi und Chiara schauen Peti mit großen Augen an.

Chiara nickt. »Genauso war das für mich, als Torben vorhin Lou geküsst hat.«

»Wie jetzt?«, will Fritzi wissen.

Chiara schluckt verlegen. »Ich hab mir plötzlich gewünscht, er hätte mich geküsst. Heißt das, ich bin in ihn verliebt?«

Peti gibt ein seltsames Keuchen von sich.

Fritzi sieht sie prüfend an. »Alles klar bei dir?«

Wieder erscheinen die kreisrunden Flecken auf Petis Gesicht. Sie nickt heftig, eine Spur zu heftig. »Was soll denn sein?!«, zischt sie. »Jeder kann sich doch verlieben, in wen er will, und nur, weil ich ihn mal toll fand, heißt das jetzt nicht, dass ich irgendwelche Ansprüche stellen würde!«

»Du hast ja selbst gesagt, du willst nichts mehr von ihm, oder?«, vergewissert sich Chiara, die von Petis komischem Gehabe plötzlich total verunsichert ist.

»Bin ich auch nicht«, faucht Peti und steht mit einem Ruck von der Bank auf.

Fritzi und Chiara sehen sie erwartungsvoll an, Peti schnappt sich ihren Rucksack und drängelt sich an Fritzi vorbei, die im Türrahmen steht.

»Wo willst du denn hin?«, versucht Fritzi, sie aufzuhalten.

»Ich muss los.«

Fritzi sieht ihr hinterher, wie sie sich durch das hüfthohe Gras schlägt und davonstapft.

Chiara tritt neben sie und räuspert sich zaghaft. »Du, Fritzi, meinst du, er mag mich vielleicht auch ein bisschen?«

KLARTEXT

Fritzi steht neben Sven in der Küche. Er drückt ihr den Salatkopf in die Hand. »Zupfen und waschen, bitte. Und du, Marlene, deckst bitte den Tisch, ja?«, weist Sven sie an.

Ulla kommt in ihrem staubigen Blaumann herein, sie hat die Haare mit einem bunten, gebatikten Tuch zu einem Knäuel hochgebunden und winkt mit einem Brief. »Die Abmahnung von Frau Doktor Fleck ist gekommen. Ich hab sie dir unterschrieben in deinen Rucksack gelegt.«

Fritzi nickt gedankenversunken. »Danke.« Sie blickt kaum vom Salatkopf auf, den sie inzwischen unter fließendem Wasser nicht nur gewaschen, sondern ordentlich durchgeknetet hat.

»Wie hast du dich eigentlich entschieden? Wegen des Klassenwechsels?«, fragt Sven und reicht Marlene die Gläser für den Tisch.

»Oh«, daran hat Fritzi schon länger nicht mehr gedacht. »Ich weiß nicht, Lou und ich sind so zerstritten, ich will gar nicht mehr zu ihr in die Klasse.«

»Das verstehe ich«, schaltet sich Ulla ins Gespräch ein.

»Andererseits nervt der Stinke-Molli echt enorm«, überlegt Fritzi laut.

»Und Latein ist immer noch nutzlos?«, forscht Ulla nach.

»Ja. Aber jetzt habe ich Chiara und Peti und mit denen ist es echt spitze.«

»Ich würde sagen, deine Entscheidung ist gefallen«, tut Sven kund.

»Meinst du?«

Er nickt. »Deine Brotdose hab ich übrigens aus dem Rucksack genommen und gespült.«

»Danke«, murmelt Fritzi erneut und knetet den Eisbergsalat weiter, als wäre er ein saftiger Hefeteig.

»Dabei sind mir die da entgegengekommen.« Sven deutet auf einen Stapel zerknitterter Blätter auf dem Esstisch.

Fritzi blickt auf. Da liegen die unzähligen Kopien des 19. Mai, die sie und Chiara am Morgen vor der Sporthalle aufgesammelt haben, um Peti vor noch mehr Hohn und Hänselei zu schützen.

»Wir würden gern wissen, was es damit auf sich hat, Fritzi«, erklärt Ulla freundlich, aber bestimmt. »Ist das dein Tagebucheintrag?«

Fritzi schüttelt heftig den Kopf.

»Du kannst es uns ruhig sagen, es ist sicher nicht besonders schön, in einen Jungen verliebt zu sein, der möglicherweise homosexuell ist«, ergänzt Sven und holt dabei die dampfende Lasagne aus dem Backofen, als würden sie gerade ein Gespräch über Gänseblümchen führen.

Fritzi schließt die Augen. Wann um alles in der Welt wird eigentlich endlich das Beamen erfunden?! Und warum landet sie seit ein paar Wochen ständig in Situationen, aus denen sie am liebsten spurlos verschwinden würde? Ein Fahrstuhl in den Erdboden wäre genauso hilfreich, oder die Fähigkeit, sich in Luft aufzulösen! Ihre Eltern auf lautlos stellen oder sie einfrieren, würde sicher auch helfen.

Auf einmal herrscht Stille in der Küche. Hat es etwa doch geklappt mit dem lautlos stellen? Fritzi blickt auf. Sven und Ulla sehen sie einigermaßen besorgt an.

»Also bist du oder bist du nicht?«, hakt Marlene nach.

»Was?! Bin ich was?«, fragt Fritzi verwirrt.

»Verliebt in den Schwuli.«

»Torben?!«, bricht es entsetzt aus Fritzi heraus. »Spinnst du?«

»Aber wer denn dann?«, fragt Marlene, die vor Neugierde beinahe umzukommen scheint.

»Peti, glaub ich. Sie behauptet zwar das Gegenteil, aber nach ihrer heutigen Reaktion zu urteilen, ist sie es sehr wohl. Und Chiara auch, wobei, da bin ich mir nicht ganz sicher.«

»Und ist Torben wirklich homosexuell?«, will Ulla wissen.

»Ich weiß nicht, ich glaub nicht«, mutmaßt Fritzi. »Jedenfalls hat er Lou heute vor versammelter Mannschaft in der Turnhalle abgeknutscht.«

»So richtig geknutscht? Mit Zunge?«, fragt Marlene.

Fritzi schüttelt den Kopf.

Marlene sieht irgendwie enttäuscht aus.

»Und Lou ist auch in Torben verliebt?«, will Ulla das Beziehungsgeflecht durchdringen.

»Nee, aber Peti glaubt, Lou ist in Jannik verliebt.«

»Wer ist denn das nun wieder?«, fragt Sven, der verzweifelt versucht, den Durchblick zu behalten.

»Na, der Sohn von Kommissar Nowak.«

»Ah ja, ich weiß, wen du meinst. Gut aussehender junger Mann. Erinnert mich an mich selbst vor zwanzig Jahren.«

»Sehr witzig, Papa, du meinst wohl vor dreißig.«

»Stimmt.«

Marlene beugt sich zu Fritzi herüber und flüstert ihr ins Ohr: »Und hast du schon mal geküsst, Fritzi?«

»Warum werden in dieser Familie eigentlich immer nur meine Themen in der großen Runde besprochen?«, beschwert sich Fritzi. »Habt ihr keine eigenen Probleme?!«

»Du bist uns wichtig!«, antwortet Sven und gibt allen ein Stück Lasagne auf den Teller.

»Wir wollen mit dir in Verbindung sein«, fügt Ulla hinzu.

»Ein bisschen zu sehr, für meinen Geschmack.«

»In welche Klasse geht dieser Jannik denn?«

»Keine Ahnung, Neunte?!«, antwortet Fritzi.

»Weiß ihr Vater, dass Lou jetzt mit älteren Jungen abhängt?«, fragt Sven besorgt.

»Wir sind in der Siebten, Papa, nicht mehr in der Fünften.«

»Da hast du auch wieder recht.«

»Mhm, ihr geht schon in die Siebte!« Ulla sieht Fritzi ganz verträumt an, als würde sie nun gleich als nächstes feststellen, wie schnell doch die Zeit vergeht. »Wie fühlst du dich denn mit dem Ganzen?«

»Keine Ahnung, Mama«, erwidert Fritzi ausweichend, aber zu spät. Ihre Mutter hat schon die Fährte aufgenommen und versucht, mit aller Kraft in Verbindung zu kommen.

»Du musst mal in dich reinhorchen, Fritzi. Es ist wirklich ganz wichtig, dass du deine eigenen Gefühle ernst nimmst! Komm, vielleicht hilft dir das.« Ulla nimmt Fritzis Hand und reicht Marlene ihre andere. »Ihr auch, nehmt euch mal an den Händen, bitte.«

Sven lüpft die Brauen. »Muss das sein?«

»Komm, geht ganz schnell, versprochen!«

Sven legt widerwillig die Gabel hin und folgt Ullas Beispiel.

»Und jetzt?«, fragt Fritzi.

»Augen zu und atmen.«

Ulla und Marlene schließen die Augen und holen tief und geräuschvoll Luft. Fritzi und Sven sehen sich an und verständigen sich wortlos. Er imitiert übertriebenes Lufteinsaugen und Auspusten. Fritzis Versuch, ein Lachen zu unterdrücken, endet in einem lautstarken Grunzen. Sven stimmt mit ein und die beiden können sich kaum noch halten. Ulla und Marlene öffnen die Augen und müssen ihrerseits grinsen.

»Macht euch nur lustig!«, tönt Ulla selbstironisch. »Macht euch nur lustig.« Sie schüttelt den Kopf und beginnt zu essen. Die anderen tun es ihr nach.

»Schmeckt gut, Papa«, stellt Marlene fest.

»Also wenn ihr es genau wissen wollt, glaube ich, dass Peti und Chiara wahrscheinlich nicht mehr miteinander befreundet sein wollen, wenn sie beide in Torben verliebt sind. Und damit wären meine Freundinnen, die ich gerade erst gefunden habe, zerstritten.«

Ulla sieht sie mitfühlend an. »Ich hoffe, das passiert nicht!«

Sven und sie tauschen einen vielsagenden Blick.

Sven räuspert sich. »Eigentlich würden wir gerne noch mit dir übers Küssen sprechen.«

»Och nee!« Fritzi schiebt sich schnell eine viel zu große Gabel Lasagne in den Mund, um nicht antworten zu müssen.

»Und vielleicht auch ein bisschen über Sex?«

Fritzi verschluckt sich an der Lasagne. Sie hustet lautstark, Marlene haut ihr so lange auf den Rücken, bis ein Bröckchen geschmolzener Käse quer über den Esstisch fliegt.

»Sofort?«, krächzt Fritzi. »Beim Essen!?«

Sven nickt. »Du kommst jetzt in die Pubertät, viele deiner Mitschüler sind schon voll drin, und wir glauben, es ist höchste Zeit, mal ganz offen und ehrlich darüber zu reden, was dich in den nächsten Jahren so erwartet.«

»Und mich auch!«, ruft Marlene begeistert.

»Stimmt genau«, stellt Ulla lächelnd fest. »Es muss ja auch nicht gleich Sex sein.«

Was für ein kläglicher Versuch, Lockerheit in das Gespräch zu bringen. Am liebsten würde Fritzi sich in Luft auflösen, auf Knopfdruck, sofort.

»Wie wäre es, wenn wir erst mal über Petting sprechen.«

Fritzi spürt förmlich, wie ihr die Farbe aus dem Gesicht weicht. Selten hat sie ihre Eltern so peinlich gefunden.

»Was ist Petting genau?«, fragt Marlene neugierig.

»Es beschreibt, wie Mann und Frau sich liebkosen, ohne miteinander zu schlafen.«

»Oder auch Junge und Mädchen«, ergänzt Sven.

Fritzi senkt den Kopf und schiebt sich unauffällig die Zeigefinger in die Ohren, doch sie hört ihre Schwester trotzdem.

»Sind die dabei nackig?«

Fritzi steht mit einem Ruck von ihrem Stuhl auf. »Ich glaub, ich weiß eigentlich alles, was ich wissen muss. Ich geh mal Hausaufgaben machen, okay?«

»Du hast noch nicht mal aufgegessen.«

»Ich … äh«, sie überlegt angestrengt, »ich esse in meinem Zimmer weiter.« Sie schnappt sich noch ein Stück Lasagne und legt es auf den Teller. Selbst schuld, warum reden ihre Eltern auch am liebsten über die unangenehmen Themen, wenn es ihr am unangenehmsten ist?!

»Ich verstehe, dass du jetzt gerne gehen möchtest, aber uns ist es wichtig, dass du so gut wie möglich über Sex Bescheid weißt. Bitte setz dich wieder hin«, sagt Sven. Und damit ist die Entscheidung gefallen.

Eine Ewigkeit später steht Fritzi im Bad und schaufelt sich erleichtert Wasser ins Gesicht. Das Aufklärungsgespräch war die reinste Folter. Ob sie die Kochtöpfe und Kochtopfdeckel in der Küche jemals wieder als das sehen können wird, was sie sind? Sie dachte eigentlich, es könnte kaum schlimmer werden, aber da hatte sie sich getäuscht. Als Mama dann zu allem Überfluss auch noch den Obstkorb samt Inhalt als Erklärungshilfe hinzugezogen hat, war Fritzi kurz davor, sich noch an Ort und Stelle zu übergeben.

»Vorbote der Pubertät«, schnaubt sie und streicht mit dem Finger über ihr Kinn. Wie kann man bloß einen Pickel mit einem Schneeglöckchen vergleichen?! Der Frühling ist Fritzis liebste Jahreszeit, die Pubertät hingegen ein Abschnitt im Leben, auf den sie gerne verzichten würde.

Sie betrachtet missmutig ihren neuen Sport-BH. Unvorstellbar, dass diese zwei Erhöhungen später mal Brüste werden. Und jetzt haben sich dort auch noch zwei kleine Steine gebildet. Jeder der Knubbel ist ungefähr so groß wie eine Walnuss und tut bei der geringsten Berührung schrecklich weh.

Warum kann nicht alles so bleiben, wie es ist? Warum kann man nicht selbst darüber entscheiden, wann dieser Kram anfängt? Oder irgendwann mit sechzehn, siebzehn Jahren einfach einen Schalter umlegen: Zack – Frau – und fertig! Keine Launen, keine Pickel, keine Periode, keine Haare an Stellen, wo vorher keine waren. Erster Kuss, erste Liebe und diese ganzen ersten Male könnte man überspringen, wenn man möchte. Doch mit diesem Wunsch scheint Fritzi tatsächlich allein zu sein.

UNGEKÜSST

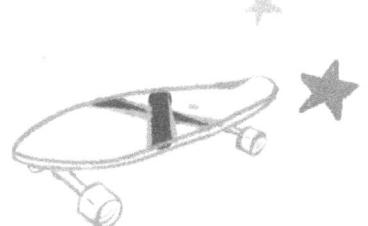

Fritzi ist hundemüde. Sie lag die halbe Nacht wach und hat sich mit Fragen gequält, deren Antworten sie auch nach stundenlangem Grübeln nicht kennt. Gibt es ein Mittel gegen die Liebe? Kann man auch befreundet sein, wenn man in den gleichen Jungen verliebt ist? Warum muss man sich überhaupt verlieben? Wie soll sie bloß die Wogen zwischen Chiara und Peti wieder glätten? Fritzi sieht nur eine Möglichkeit: Sie muss mit beiden reden. Nacheinander versteht sich und am besten sofort.

Fritzi springt aus dem Bett und schlüpft in ihre Kleider. Marlene murrt: »Hab ich verschlafen?« Sie liegt noch unter ihrer Decke und kriegt kaum die Augen auf.

»Nein, alles gut. Schlaf weiter«, gibt Fritzi eilig zurück.

Marlene setzt sich auf und gähnt. »Wo willst du denn so früh hin? Kann ich mit?«

Fritzi schüttelt den Kopf. »Muss mich beeilen, ich will noch vor der Schule mit Peti reden.«

»Also wenn du mich fragst, kannst du dir das sparen.«

»Warum?«, fragt Fritzi verständnislos.

»Weil ja eigentlich ich die allerbeste Freundin für dich bin, aber wer nicht hören will, muss fühlen.«

Fritzi grinst belustigt. »Und du bist die allerbeste Schwester für mich! Wir sehen uns in der Pause.«

»Na toll«, brummt Marlene beleidigt.

Aber Fritzi eilt schon aus dem Zimmer.

Fritzi weiß, dass Peti hinter dem alten Weiher in einer Reihenhaussiedlung wohnt. Der Weg dorthin ist beinahe derselbe wie zur alten Baracke. F und L, ihre Initialen, sind für alle Zeiten in das Holz der Hütte geritzt. Seitdem sie mit Chiara im Freibad war, versucht sie, alle Gedanken an Lous Geburtstag wegzuschieben. Sie hat auch in der Schule auf Durchzug geschaltet, sobald jemand über die bevorstehende Party gesprochen hat, also quasi die ganze Zeit.

Doch mit Blick auf die Baracke kann sie die Erinnerung an Lous letzten Geburtstag nicht ignorieren. Hier haben sie sich ihre Freundschaft für alle Zeiten geschworen. Die alte Lou fehlt ihr sehr, aber die gibt es nicht mehr. Die neue Lou kann ihr gestohlen bleiben. Ein Glück, dass sie Peti und Chiara gefunden hat. Oder haben die beiden sie gefunden?

Fritzi rollt langsam durch die Reihenhaussiedlung. Ein Haus gleicht dem anderen und doch ist jedes für sich ganz eigen. Das Eckhaus hat bunte Fensterläden und einen in allen Farben gestrichenen Holzzaun. Auf den Stufen des nächsten Hauses steht ein stählerner kleiner Dackel zum

Schuhe abstreichen. Der nächste Vorgarten strotzt nur so vor üppigen Rosenbüschen. Fritzi wirft einen Blick auf die Namen neben den Klingelknöpfen, sie weiß Petis Hausnummer nicht. *Schubert, Juvic, Brenner ...* Nowak steht nirgends, oder hat sie ein Haus übersehen? Sie dreht noch eine Runde und rollert gedankenversunken mit ihrem Longboard über den Bordstein.

»Junges Fräulein!«, ertönt eine Stimme von der anderen Straßenseite.

Fritzi blickt sich um. Ein stattlicher großer Mann mit nussbraunem Schnauzer steht in Uniform vor einer geöffneten Haustür. »Darf ich fragen, warum du hier herumstromerst?«

Fritzi geht auf den Mann zu. »Hallo, Kommissar Nowak. Ich bin Fritzi Winter, ist ihre Tochter da?«

»Besuch? Noch vor der Schule?«, er mustert sie von oben bis unten.

Fritzi nickt und fühlt sich unweigerlich von ihm durchleuchtet.

»Ich habe dich beobachtet. Du bist dreimal an unserem Haus vorbeigelaufen und wärst gerade schon wieder zu Nummer siebzehn gegangen, hätte ich nicht gerufen. Wie erklärst du mir das?!«

»Ähm ... ich wusste ihre Hausnummer nicht. Peti und ich haben uns ja erst kürzlich angefreundet.«

»Aha. Und das soll ich dir glauben?«

Fritzi nickt irritiert. Sie fühlt sich wie in einem Verhör.

»Dass man den Eindruck bekommen könnte, du würdest hier die Nachbarschaft ausspionieren, ist dir nicht in den Sinn gekommen?«

»Ich? Die Nachbarschaft ausspionieren?«

Nowak nickt streng.

»Nein«, bringt Fritzi belustigt hervor. »Wieso das denn?«

»Diebstahl?«, schlägt Nowak vor.

»Nein.« Fritzi schüttelt den Kopf.

Nowak fährt mit seiner rechten Hand an seinem Polizeigürtel entlang und Fritzi rechnet schon damit, dass er jeden Augenblick eine Pistole oder gar Handschellen zücken könnte. Aber zum Vorschein kommt bloß ein kleiner Block mit einem Bleistift.

»Name, Anschrift, Geburtsdatum, Namen der Eltern, Beruf der Eltern. Aufschreiben!« Er reicht ihr den Block.

»Vielleicht auch noch eine Kopie von meinem letzten Zeugnis?«, scherzt Fritzi etwas vorlaut.

»Nein«, gibt Kommissar Nowak ernst zurück. »Aber der Notendurchschnitt und deine Kopfnoten wären durchaus von Interesse.«

Fritzi lüpft ungläubig die Brauen.

»Ein kleiner Scherz wird wohl noch erlaubt sein.«

Fritzi lächelt verunsichert und reicht ihm den Zettel zurück.

Kommissar Nowak tritt zur Seite und lässt sie ins Haus. Eine junge schlanke Frau in Leoparden-Leggings und mit hellbraunen Haaren, die sie zu einem Knoten gedreht oben auf dem Kopf trägt, nimmt Fritzi in Empfang.

»Hast du Hunger? Du bist Fritzi, oder? Bestimmt hast du Hunger.« Sie schiebt Fritzi ins Esszimmer und drückt sie auf einen Stuhl am Tisch. Sie türmt unzählige Pfannkuchen vor ihr auf einen Teller, kippt eine halbe Flasche Ahornsirup darüber und sagt: »Lass es dir schmecken, Kochanie.« Dann wendet sie sich ab und ruft die Treppe hinauf: »Petruschka, komm runter, du Schinkenbrötchen, deine Freundin ist da.«

Von oben hört man nichts.

»Iss so viel du möchtest, ja?« Petis Mutter türmt noch mehr Pfannkuchen auf Fritzis Teller und kippt eine weitere Ladung Ahornsirup darüber, obwohl der Teller noch komplett voll ist. »Peti kommt bestimmt gleich.« Dann schaltet sie den Fernseher ein und macht zusammen mit der schlanken Lady im Fernsehen Yoga.

Nach dem zehnten Pfannkuchen muss Fritzi den obersten Knopf ihrer Jeans öffnen und seufzt schwer. Sofort kommt Petis Mutter angelaufen und will ihr eine neue Ration Pfannkuchen auftun.

»Nein danke, bitte nicht noch mehr, ich bin wirklich satt.«

Die Miene von Petis Mutter verdunkelt sich. »Du bist das Mädchen, dass Torben eins übergezogen hat?«

Fritzi nickt zaghaft, nicht wissend, ob sie für ihre Tat Schelte oder Lob von Petis Mutter ernten wird.

Sie drückt ihr einen feuchten, quietschenden Kuss auf die Wange. »Danke!«

Aus dem Treppenhaus ist Petis Rufen zu hören: »Fritzi?«

Ihre Mutter deutet auf die Treppe. Fritzi ist nicht sicher, ob sie die nach all den Pfannkuchen tatsächlich noch hochkommt, aber einen Versuch ist es wert.

Die Wände in Petis Zimmer sind von Bücherregalen gesäumt.

»Wow, ist das 'ne Bibliothek??«

»So viele sind es nun auch wieder nicht.« Peti liegt in der Mitte des Raums auf dem flauschigen Teppichboden.

»Hast du die alle gelesen?«

»Klar!«

Fritzi lässt sich neben ihr nieder. Sie weiß nicht, was sie sagen soll und spielt mit den Zotteln des Teppichs.

Nach einem ausgedehnten Moment der Stille fragt Peti: »Was gibts denn so früh?«

»Also das mit den Kopien vom 19. Mai ...«, setzt Fritzi an, aber Peti reagiert nicht. »Das tut mit echt leid. Chiara und ich haben versucht, alle einzusammeln, aber ich fürchte, wir waren nicht schnell genug.«

»Du bist hergekommen, um mir das zu sagen?«

Fritzi nickt. »Eigentlich wollten wir gestern schon mit dir darüber reden, aber dann bist du ja so plötzlich verschwunden.«

»Mhm.«

»Wir wollten einen Plan mit dir aushecken, wie wir Hänseleien vorbeugen könnten.«

»Dafür ist es zu spät.«

»Es tut uns echt leid, Peti.«

»Es war auch gestern schon zu spät und das ist nicht eure Schuld.«

Fritzi atmet auf. »Nicht?«

Peti schüttelt mutlos den Kopf. »Ich hätte diesen Mist eben einfach nicht aufschreiben dürfen. Ich glaube, ich wechsele einfach die Schule.«

Fritzi ist schneller auf den Füßen, als Peti gucken kann. »Bist du noch ganz sauber?«

»Mit meinem Notendurchschnitt werde ich auf der Berna-von-Schmitt-Schule mit Kusshand genommen. Und da gibts keinen Torben und keine Eiscafé-Tussis. Da sind alle so wie ich, verstehst du?«

Fritzi verschränkt erbost die Arme vor der Brust. »Da gibts aber auch keine Fritzi und keine Chiara. Keine Chaosköniginnen, zählt das etwa gar nicht?«

»Doch. Klar zählt das!«

Fritzi atmet erleichtert auf.

Peti schaut mit einem kleinen Lächeln zu ihr hoch. »Setzt du dich wieder hin?«

Fritzi nickt und lässt sich zurück auf den Teppich fallen. »Wieso bist du überhaupt in diesen Deppen verliebt?«

»Wenn ich das wüsste!«

»Wann fing das denn an?«, will Fritzi wissen und lässt sich auf den Rücken sinken. Erst jetzt entdeckt sie die unzähligen Leuchtsterne an der Zimmerdecke.

Peti macht es sich ebenfalls auf dem Rücken gemütlich. »Vor zwei Jahren war er mit seiner großen Schwester bei den Ferienspielen, und ich mit Jannik. Wir waren die einzigen Jüngeren und haben die ganzen zwei Wochen lang alles zusammen gemacht. Das war so cool! Bei dem einen Spiel mussten wir uns küssen und seitdem geht er mir einfach nicht aus dem Kopf.«

»Oh nein.«

»Ich hab auch schon versucht, die Gefühle mit einem anderen wegzuküssen.«

Fritzi schluckt. Küssen ist ja für sie bereits eine herausfordernde Vorstellung, aber wegküssen ist bestimmt noch tausendmal schlimmer.

»Mit wem?«, fragt sie zaghaft.

»Ein Freund von meinem Bruder hat sich angeboten. Hat aber nicht geklappt.«

»Oh.«

»Hast du noch einen Tipp für mich?«

Fritzi schüttelt den Kopf. »Ich hab von so was echt gar keine Ahnung, ich … ich bin noch ungeküsst.« Sie haucht die Wahrheit so leise in den von Büchern gesäumten Raum hinein, dass Peti ganz genau hinhören muss, um sie zu verstehen.

»Aber du hast doch gesagt …«

»War gelogen«, gibt sie beschämt zu. »Wenn du jetzt nicht mehr mit mir befreundet sein willst, verstehe ich das. Aber sag es bitte nicht weiter, ja?«

»Hä? Weil du ungeküsst bist? Spinnst du?«

Fritzi atmet auf. »Und dass ich gelogen habe?«

»Ich hab ja auch gelogen«, gibt Peti kleinlaut zurück, »wegen dem Verliebtsein in Torben.«

Die beiden schauen sich erleichtert an.

»Schwamm drüber?«

»Schwamm drüber.«

Sie lächeln und gucken in die Sterne.

Wie aus dem Nichts ruft Peti plötzlich: »Jannik! Komm mal!«

»Was machst du denn?«, fragt Fritzi.

»Ich löse dein kleines Problem.«

Fritzi überlegt noch, was sie davon halten soll, da kommt Jannik zur Tür herein.

»Hey«, sagt er lässig und Fritzis Herz schlägt eine Millisekunde schneller als vorher.

»Würdest du Fritzi küssen?«

»Klar, wenn sie will ...« Er sieht sie mit seinen tiefbraunen Augen an und wirkt so lieb wie ein Teddybär.

»Ist das nicht komisch, so ... organisiert?«

Jannik zuckt mit den Schultern. »Ich würde dich gerne küssen.«

Er grinst breit und in Fritzis Magengegend breitet sich ein unbeschreibliches Glücksgefühl aus.

Fritzi nickt. »O-kay.« Sein Lächeln macht sie auf eine überwältigende Art von innen heraus froh.

Jannik legt sich neben sie auf den Teppich und zieht sie sachte zu sich heran. Er ist ihr so nah, dass er ihr Herz rasen hören muss. Er riecht nach Sonne und irgendwie nach Meer. Sein Gesicht kommt ihrem immer näher, er schließt die Augen und Fritzi tut es ihm nach. Er drückt seine warmen weichen Lippen auf ihre. Fritzis Herzschlag setzt für einen Augenblick aus. Ein leichtes Kribbeln fährt von seinen Lippen aus durch ihren ganzen Körper und lässt sie erbeben.

Plötzlich ist da eine Hand auf ihrer Schulter. Von ganz weit weg dringt eine Stimme an ihr Ohr.

»Fritzi? Aufwachen. Wir müssen los!«

LIEBESKUMMER

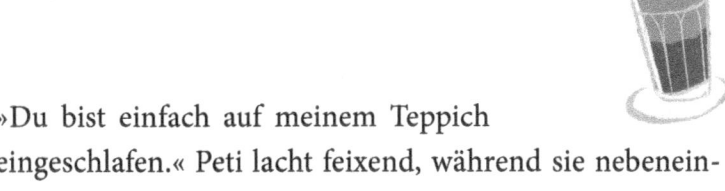

»Du bist einfach auf meinem Teppich eingeschlafen.« Peti lacht feixend, während sie nebeneinander die Straße entlanggehen.

»Ich war eben echt müde.«

»Das hab ich gemerkt.« Peti grinst.

»Ich glaube, wenn du Chiara sagst, wie sehr du Torben magst, kommt er für sie nicht mehr infrage. Schließlich sind wir Freundinnen. Quasi beste Freundinnen.«

»Wir sind Chaosköniginnen, das ist besser als beste Freundinnen!«

»Stimmt.«

»Aber was, wenn Chiara das anders sieht? Was, wenn sie ihre Gefühle für Torben nicht einfach abstellen kann?«, fragt sich Peti bedrückt.

Fritzi überlegt angestrengt. »Warum macht Liebe alles so kompliziert?«

Peti beißt sich auf die Lippe. »Vielleicht sag ich es ihr auch nicht und versuch einfach, endlich Torben zu vergessen?«

»Versuchst du das nicht schon die ganze Zeit?«

»Doch.«

»Na also.«

»Ich will aber gar nicht mehr in diesen Deppen verliebt sein. Echt nicht. Wenn Chiara ihn wirklich mag, soll sie ihn haben.«

Fritzi lüpft die Brauen. »Ich weiß nicht, ob ich das zulassen kann! Stell dir mal vor, die kommen zusammen und stehen dann jeden Tag hier knutschend auf dem Hof, genau hier. Oder sie sitzen in der Fünfminutenpause knutschend am Nachbartisch! Was machst du denn dann?«

»Keine Ahnung, mit dir knutschen?«

»Nee«, platzt es aus Fritzi raus. »Ganz bestimmt nicht!«

Peti lacht. »Das klang vorhin, als du geschlafen hast, aber noch ganz anders.«

Schamesröte steigt Fritzi in die Wangen. »Ich hab im Schlaf geredet?«

»Nee, aber du hast mir deine gespitzten Lippen entgegengestreckt.«

»Oje, ist das peinlich.«

Peti knufft ihr freundschaftlich mit dem Ellbogen in die Seite. »Komm, gibs zu, du hast im Traum geknutscht.«

»Ja«, flüstert Fritzi leidend und verbirgt ihr Gesicht in beiden Händen.

Peti platzt beinahe vor Neugierde. »Und wen hast du geküsst?«

»Kann ich nicht sagen.«

»Also, wenn ich das mal so von außen beurteilen darf, Fräulein Winter. Das Thema verfolgt sie bereits in ihren Träumen?! Sie sollten sich schleunigst küssen lassen!«

»Erstens will ich nicht und zweitens wüsste ich nicht mal von wem«, mault Fritzi.

»Nimm doch meinen Bruder, ich glaub, der kann das gut.«

Fritzi schnappt nach Luft. Weiß Peti etwa doch von ihrem Traum? Sie wirft ihrer Freundin einen forschenden Blick zu, aber die zuckt bloß mit den Schultern und sagt: »Guck mal, da ist er.« Sie zeigt zum Schultor, durch das Jannik in dem Moment auf den Hof rollert. »Der mag skaten auch, so wie du.«

Fritzi schüttelt den Kopf. »Der fährt Skateboard, ich Longboard, dazwischen liegen Welten.«

»Na ja. Welten, die man von außen nicht sieht!«

»Aber nur, wenn man keine Ahnung hat.«

Es kommen immer mehr Schüler durchs Tor, begrüßen sich, reden und schwärmen in alle Richtungen zu ihren Klassenzimmern aus.

»Wie wäre es mit dem?«, schlägt Peti vor und weist mit dem Kinn auf einen Jungen, der gerade sein schickes Rennrad abschließt. Als er sich zu ihnen umdreht, zeigt er Pickelgesicht und Zahnspange. »Ich nehm alles zurück.«

»Irgendwie hat mir unser Gespräch besser gefallen, als es nicht um mich ging.«

»Oder der da?«, Peti gibt nicht auf, ein Junge mit langen karottenroten Haaren schlurft an ihnen vorbei.

»Schau mal, da ist Chiara«, stellt Fritzi fest und ist ganz glücklich über die Ablenkung.

Chiara trägt ein schönes Blumenkleid und ihre welligen, schwarzen Haare als offene Mähne.

Von ihrem Platz aus beobachten Fritzi und Peti, wie Chiara tief einatmet, als würde sie all ihren Mut zusammennehmen, und dann zu Torben hinübergeht.

»Was macht sie denn da?«, fragt Peti. Die Spur Panik in ihrer Stimme ist nicht zu überhören.

»Ich bin nicht sicher.«

»Das sieht aus, als ob sie ...«

»Sie wird doch nicht ...«

Chiara strahlt Torben an, knetet nervös ihre Hände und macht dann ausladende Gesten.

Es klingelt zur ersten Stunde. Herr Mollenhauer läuft an dem Mäuerchen vorbei. »Nowak, Winter, guten Morgen. Folgen Sie mir in den Unterricht.«

Die Mädchen sehen gerade noch, wie Torben Chiara ein gefaltetes Papier reicht, bevor sie unter dem strengen Blick ihres Lehrers ins Klassenzimmer gehen.

Fünf Minuten später sitzt die ganze Klasse schon fleißig über das nächste Lateinarbeitsblatt von Herrn Mollenhauer gebeugt, doch Chiaras Platz ist noch immer leer. Auch von Torben fehlt jede Spur.

Peti dreht sich unauffällig zu Fritzi herum und flüstert: »Wo bleiben die denn?«

Herr Mollenhauer lässt den Blick durch die Klasse schweifen.

Fritzi zuckt mit den Schultern. Sie ist sicher, wenn Torben und Chiara jetzt gleich als Liebespaar die Klasse betreten, haut Peti das um. Das schafft sie niemals, wenn sie nicht einmal diese kurze Zeit der Ungewissheit erträgt.

Dann endlich ein erlösendes Klopfen.

»Herein«, sagt Herr Mollenhauer laut.

»Entschuldigen Sie bitte die Verspätung, Torben hat mir noch mit meinem Fahrradschloss geholfen.«

»So, so«, brummt Herr Mollenhauer. »Setzen, anfangen!«

Torben und Chiara laufen eilig zu ihren Plätzen.

Fritzi bemerkt, wie hübsch Chiara heute aussieht – sie hat sich die Lippen mit rosafarbenem Lippenstift angemalt und die dunklen Augen auf eine Art betont, die sie einfach noch größer und schöner wirken lässt. Gar nicht so barbiepuppenmäßig geschminkt wie Emma und die Eiscafé-Tussis. Chiara setzt sich hin und atmet durch.

»Du siehst toll aus!«

»Danke«, lächelt Chiara. »Aber es hat leider nicht gereicht.«

»Wie gereicht? Wofür?«

»Er mag eine andere.«

»Wer?«

»Torben.«

»Hast du ihn gefragt?«

Chiara nickt. Peti kippelt und versucht zuzuhören, wird aber prompt von Herrn Mollenhauer ermahnt: »Na, nicht den anderen helfen, Petruschka. Jeder macht seins!«

Peti setzt sich wieder normal hin. Chiara erzählt weiter: »Hab ihm gesagt, dass ich ihn echt süß finde, und gefragt, ob er mal mit mir ein Eis essen will. Aber er hat Nein gesagt. Er sagt, er mag eine andere.«

Fritzi klappt der Mund auf. »So was machst du? Einfach so?«

Chiara nickt, als wäre es gar nichts. »Klar, wie soll ich denn sonst herausfinden, ob ich ihn wirklich gut finde?«

Fritzi zuckt mit den Schultern. »Keine Ahnung, aber ich hätte mich das, glaube ich, nicht getraut.«

Chiara lacht. »Meine Mutter hat recht.«

»Womit?«

»Sie sagt immer, deutsche Frauen sind zu verklemmt. Frauen heutzutage müssten sich holen, was sie wollen, sonst kriegen sie bloß das, was übrig bleibt.«

Fritzi schmunzelt. »Bist du denn gar nicht traurig?«

Chiara atmet durch. »Ich glaube, der Schock sitzt noch zu tief.«

In der großen Pause stehen die Chaosköniginnen gemeinsam in der Schlange vor dem Kiosk an. Auch Peti ist ziemlich beeindruckt von Chiaras Mut, aber die Frage, auf wen Torben nun in Wirklichkeit steht, quält sie sichtlich.

»Meint ihr, der Kuss mit Lou in der Turnhalle war so gut, dass er jetzt in sie verliebt ist?«

Sie werfen einen Blick zu Lou und den Eiscafé-Tussis, die gerade ein paar älteren Jungen hinterherschmachten.

»Ihr gönne ich Torben nämlich nicht!«

»Mädels, was bekommt ihr?« Herr Siefert vom Kiosk sieht sie mit fragendem Blick an.

»Drei Kakao, sieben Nussriegel, fünf Schokobrötchen und eine große gemischte Tüte.« Chiara wendet sich an Fritzi und Peti: »Was wollt ihr?«

Die beiden sehen sie mit großen Augen an.

»Was ist?«

»Willst du das etwa alles allein essen?«

Chiara nickt unverhohlen. »Äh ... hallo?! Ich hab gerade den Korb des Jahrhunderts bekommen, mir steht ein Anfall von schlimmstem Liebeskummer bevor. Ich muss mich doch rüsten.«

»Mit Kakao und Schoki?«

»Habt ihr 'ne bessere Idee?«

Fritzi schüttelt den Kopf.

»Ich kann mir heute Nachmittag von meiner Schwester auch eine neue Frisur verpassen lassen oder mir direkt einen anderen Jungen aussuchen. Aber für den Fall, dass es mich gleich hier aus den Latschen haut und ich mich heulend auf dem Klo einsperren muss, bin ich wenigstens vorbereitet.« Sie verstaut die Unmengen von Süßkram in ihrem Rucksack und füllt die drei Kakaos in ihre Thermoskanne um. »Hab ich von meiner Nonna, praktisch, oder? So geht nichts mehr daneben!« Sie zwinkert ihren Freundinnen stolz zu. »Also kommt ihr jetzt mit aufs Mädchenklo? Ich würd mir gerne die Kabine mit den passendsten Sprüchen aussuchen.«

»Nicht im Ernst, Chiara, da stinkt es so schlimm.«

»Dann gehen wir wenigstens in die Nähe, dann bin ich schon da, wenn es losgeht.«

Sie machen sich auf den Weg zu den Mädchentoiletten und bahnen sich ihren Weg über den belebten Hof. In der Ecke bei den Bänken steht Jannik im Kreis seiner Kumpels. Fritzi fängt seinen Blick auf, er lächelt und hebt die Hand, als wolle er Hallo sagen. Bestimmt meint er Peti, aber die guckt in eine ganz andere Richtung. Für den Fall, dass er wirklich sie meint, wäre es ziemlich unfreundlich nicht zurückzugrüßen, oder? Sie winkt zaghaft zurück und spricht ein tonloses Hallo in Janniks Richtung. Er grinst freundlich. Sie weicht seinem Blick aus. Ein Hauch Rosa huscht über ihre Wangen.

Die Pause vergeht, die von Chiara befürchtete Liebeskummer-Attacke lässt auf sich warten. Auch bis zum Schulschluss hat sie noch keine einzige Träne vergossen und so machen sich die Mädchen auf den Weg zu ihrem Geheimversteck.

»Müsste ich nicht eigentlich längst am Boden zerstört sein?!«

»Kein Plan«, antwortet Fritzi und klappt die Treppe des Transporters herunter. Sie steigen hoch in ihre Hütte.

Chiara leert ihren Süßigkeitenvorrat auf dem Tisch aus.

»Komisch, ich verstehe das nicht.«

Peti schnappt sich wortlos eine Decke und vergräbt sich in der Ecke der Sitzbank. Fritzi sieht sie prüfend an. Peti weicht ihren Blicken aus, sie sitzt da wie ein Häufchen Elend und knabbert an einem von Chiaras Nussriegeln.

»Gibt es so was wie unterbewusste Verdrängung?«, sinniert Chiara.

»Bestimmt, aber ich weiß nicht, ob es das auch bei Liebeskummer gibt.«

Peti nimmt sich den nächsten Nussriegel vor.

Chiara läuft nachdenklich auf und ab. »Je doller man jemanden mag, umso heftiger wird doch der Liebeskummer, oder?«

Fritzi nickt. »Hast du schon mal dran gedacht, dass du vielleicht gar nicht richtig in Torben verliebt bist?«

Chiara klappt der Mund auf.

»Ich meins nicht böse, ich bin ja auch eigentlich echt die Falsche, wenns um Liebe und solche Sachen geht, ich dachte nur ...«

Chiara springt auf.

»Vielleicht magst du ihn und bist deswegen traurig, aber du liebst ihn nicht und deswegen musst du auch nicht weinen.«

»Du hast recht!« Chiara wirkt geradezu erleuchtet. »Das ist es, das muss es sein!« Sie klingt so euphorisch, dass sogar Peti kurz den Kopf hebt. »Das war gar keine richtige Liebe! Das war bloß eine kleine Schwärmerei.« Chiara atmet tief durch. »Ihr glaubt gar nicht, was mir da für ein Stein vom Herzen fällt!«

Fritzi nickt Chiara zufrieden zu. »Wenn jetzt gar kein Liebeskummer bei dir im Anmarsch ist, kannst du ja hinter dieses blöde Verliebtsein erst mal wieder einen Haken machen.«

»Auf keinen Fall! Wenn diese ganze Aufregung und das Kribbeln in meinem Bauch nur eine Schwärmerei waren, dann kann ich es kaum erwarten, meine erste große Liebe zu finden.«

Peti gibt ein leises Schluchzen von sich. Fritzi setzt sich zu ihr und streichelt ihr unbeholfen den Arm.

»Petilein?«

Peti blickt auf. Tränen glitzern in ihren Augenwinkeln unter den Brillengläsern und kullern ihr jetzt über die Wangen. »Er mag eine andere!«, schluchzt sie. Ihr ganzer Körper bebt und sie weiß kaum, wohin mit sich.

Fritzi und Chiara wechseln einen besorgten Blick: So sieht richtiger Liebeskummer aus.

SCHERENSCHNITT

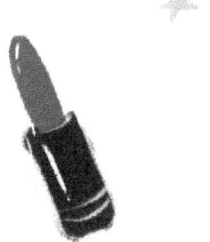

»Bist du sicher, dass das eine gute Idee ist?«, fragt Fritzi besorgt, als Chiara ihre Scheren und einen Kamm bereitlegt.

Chiara nickt eifrig. »Meine Schwestern sagen, Veränderung hilft immer. Man schneidet die Gefühle an den Verflossenen einfach mit den Haarspitzen ab. Zack.« Sie fuchtelt mit der Friseurschere vor Fritzis Nase herum und erklärt fachmännisch: »Dass ich noch keinen Verflossenen hatte, ist also nicht zu übersehen.« Sie betrachtet ihre lange, schwarze Lockenmähne. »Meinst du, ich werde mich irgendwann verlieben? So richtig mit Kolibris im Bauch und romantischen Liebesnachrichten auf dem Handy?«

»Ganz sicher!«, erklärt Fritzi und versucht, ihrer Freundin Mut zu machen, obwohl sie diese Sehnsucht wirklich gar nicht nachempfinden kann. Peti ist doch der beste Beweis dafür, wieso man sich besser vor diesem ganzen Liebesgedöns hüten sollte. Fritzis Blick fällt auf die Wanduhr über der großen Spiegelreihe. »Sollte Peti nicht längst hier sein?«

»Hoffentlich hat sie sich nicht zu Hause eingeigelt.«

»Wenn sie bis um halb nicht kommt, müssen wir zu ihr!«, überlegt Fritzi laut.

»Geht leider nicht.« Chiara beißt sich beschämt auf die Lippe. »Meine Mutter hat von unserer Abmahnung erfahren.«

»Und?«

»Hausarrest!«

»Oh, wie lang?«

»Für immer.«

»Hast du versucht, es ihr zu erklären?«

»Das Kind war schon in den Brunnen gefallen. Ich hab dummerweise vorher probiert, die ganze Sache an ihr vorbeizuschlängeln.«

»Vorbeizuschlängeln?«

»Eigentlich hat alles damit angefangen, dass ich für meine Schwester am Wochenende eine Kundin hier im Laden übernehmen sollte. Hab ich natürlich gemacht und nach dem Schneiden hab ich der Kundin eine Quittung ausgestellt, so wie wir das immer machen. Unser Quittungsblock hat so ein schwarzes Papier zwischen den beiden Seiten, weißt du? Dieses Druckpapier, damit man ein Original für den Kunden und eine identische Kopie für die Buchhaltung hat.«

Fritzi nickt, den gleichen Block haben sie auch in der Grünen Gans. »Aber was hat das mit deiner Abmahnung zu tun?«

»Als ich den Quittungsblock gesehen habe, kam ich auf die Idee. Ich hab ein altes Entschuldigungsschreiben meiner Mutter genommen und die Abmahnung, wo ihre

Unterschrift draufsollte. Und damit hab ich dann versucht, ihre Unterschrift durchzupausen.«

Fritzi klappt der Mund auf.

»Ich dachte, so spar ich mir vielleicht den ganzen Ärger mit ihr, all die Diskussionen und so«, erklärt Chiara etwas zerknirscht.

»Du hast ihre Unterschrift einfach gefälscht?«, fragt Fritzi entsetzt.

»Nicht ganz«, wiegelt Chiara ab. »Ich hab das blöderweise unter der Bettdecke gemacht und es ist irgendwie nicht so richtig gut geworden. Ich dachte, egal, das kommt in den besten Familien vor. Ich zeig das einfach so vor und sage, meine Mutter hätte es auf meinem Rücken unterschrieben, weil keine feste Unterlage in der Nähe war.«

»Ui, und dann?«

»Dann hab ich es ins Sekretariat gebracht, aber Frau Ritter-Kurzberger hat gesagt, meine Mutter müsste noch mal unterschreiben.«

»Nein!«

»Doch! Und zwar genau daneben. Das wollte ich natürlich verhindern, denn dann wäre ja alles herausgekommen. Also hab ich beschlossen, das Formular zu verbrennen.«

»Du hast es verbrannt?« Fritzi traut ihren Ohren kaum.

Chiara nickt. »Ja, ich dachte, wenns weg ist, ist es weg. Wer hätte denn ahnen können, dass Frau Ritter-Kurzberger bei meiner Mutter anruft, um sie zu bitten, die Abmahnung erneut zu unterschreiben, und dabei auch noch erwähnt, dass die andere Unterschrift einfach nicht ernst zu nehmen war.«

»Hat sie nicht?!«

»Doch! Und meine Mutter hat daraufhin mein ganzes Zimmer auf den Kopf gestellt, als ich in der Schule war. Sie war so sauer, das glaubst du nicht. So hab ich sie noch nie gesehen! Sie hat jede einzelne Schublade meiner Kommode herausgezogen und sie vom Balkon in den Garten ausgeleert. Sie hat sogar die Schränke vorgerückt und meine Bettkästen durchwühlt, weil sie dachte, sie könnte die gefälschte Abmahnung noch irgendwo finden. Ich hab ihr dann gestanden, dass ich sie verbrannt habe, aber sie wollte es nicht glauben und hat immer weiter gesucht. Und dann gab es schließlich Hausarrest auf Lebzeiten.«

»Ach du Schande!«

»Wenn ich jetzt kein Chaos mehr veranstalte, dauert der Arrest nur bis zu den Herbstferien, das ist ja nicht mehr lang. Aber wenn noch was passiert, bis Weihnachten.«

»Oh Mann, Chiara, wann war das?«

»Gestern.« Sie zuckt schicksalsergeben mit den Schultern. »Bin ja selbst schuld. Hätte ich auf dich gehört, wäre alles anders gekommen.«

»Soll ich mal mit deiner Mama reden?«

Chiara winkt ab. »Italienisches Temperament, die muss sich erst mal beruhigen. Ich backe ihr am Wochenende ein paar Bleche Cantuccini und zupfe ihr den Damenbart mit der Pinzette, dann kriegt sie sich hoffentlich wieder ein.«

»Und was sagt dein Vater zu der ganzen Sache?«

Chiara lacht. »Den hat meine Mutter voll im Griff.«

»Uff.«

»Solange ich in die Schule und hier in den Laden kommen darf, halte ich das aus.«

Fritzi schluckt. »Ich weiß nicht, ob ich es so lange ohne dich aushalte!«

»Red keinen Quatsch«, erklärt Chiara entschieden. »Peti ist ja schließlich auch noch da. Und zur allergrößten Not freundest du dich einfach wieder mit Lou an, wenn du einsam bist!«

»Haha, sehr witzig.«

»Mein voller Ernst, sie kann mich doch vertreten.«

»Die kann mich mal.«

»Das sagst du jetzt. Aber vielleicht checkt sie ja auch bald, dass Emma so schlau ist wie ein leerer Eisbecher und dann kommt sie wieder angekrochen.«

Fritzi schüttelt perplex den Kopf. Seit Tagen hat sie nicht mehr an Lou gedacht. Es war einfach so viel los mit Chiara und Peti. Rückblickend hat es gutgetan, nicht andauernd daran erinnert zu werden, dass ihre ehemalige beste Freundin einfach nichts mehr von ihr wissen will. Die Eingangsglocke bimmelt und eine von Wasser triefende Peti schiebt sich durch die Tür des Friseursalons.

»Da bist du ja!«

»Peti, wir haben uns schon Sorgen um dich gemacht!«

Peti schlüpft aus ihrem Regenmantel.

»Guckst du so ernst, weil du klitschnass bist, oder bist du so nass, weil du todernst bist?« Chiara überlegt, was sie da gerade gesagt hat, und stellt fest: »Das ergibt überhaupt keinen Sinn.«

»Ich gucke ernst, weil wir reden müssen! Setzt euch.«

Fritzi und Chiara tauschen einen besorgten Blick.

»Was fällt euch eigentlich ein?«, fährt Peti sie an und stemmt oberlehrerhaft die Hände in die Hüften. Chiara sieht aus wie vor den Kopf gestoßen, Fritzi hingegen lässt sich das nicht bieten.

»Wie, was fällt uns ein? Was fällt dir denn ein?!« Sie kann es einfach nicht ausstehen, wenn man mit ihr spricht, als wäre sie blöde.

»Jetzt hat sich in der Schule endlich alles ein bisschen beruhigt, und ihr beide habt nichts Besseres zu tun, als herumzutratschen, dass ich Liebeskummer habe?« Peti sieht sie vorwurfsvoll an.

Fritzi schluckt, sie selbst hat mit niemandem über Petis Verfassung gesprochen. Aber hat Chiara auch dichtgehalten? Vielleicht hat sie mit ihren Schwestern oder ihrer Mutter darüber geredet?

»Ich hab nichts gesagt«, verteidigt sie sich.

Petis Blick wandert von Fritzi zu Chiara. Die beißt sich schuldbewusst auf die Lippe und flüstert: »Ich habe nur meine Nonna um Rat gefragt, wie man einer Freundin mit Liebeskummer helfen kann! Sonst habe ich mit niemandem darüber gesprochen.« Sie hebt Zeige- und Mittelfinger einer Hand zum Schwur, um Peti zu beschwichtigen. »Ehrenwort.«

»Was ist denn überhaupt passiert?«, horcht Fritzi nach.

»Jemand will mich täuschen«, antwortet Peti ernst.

»Wie?« Chiara bugsiert Peti auf den Sessel vor dem Waschbecken und beginnt, ihr die regennassen Haare zu waschen. »Wer will dich täuschen?«

»Jemand will mit meinen Gefühlen spielen«, versucht Peti genauer zu beschreiben, was los ist.

»Jetzt lass dir doch nicht alles aus der Nase ziehen!« Chiara wickelt Petis Haare in ein Handtuch und platziert sie vor einem der Spiegel.

Peti erzählt: »Nach unserem Treffen gestern bin ich direkt nach Hause gefahren. Ich hab meinen Eltern gesagt, mir wäre nicht gut, und hab mich direkt in mein Zimmer verzogen. Irgendwann kam Jannik hoch und meinte, dieser Zettel hätte vor der Haustür gelegen.« Sie leert den Inhalt ihrer Hosentasche auf den nebenstehenden Friseurstuhl. Zwischen ein paar Euros und einem kleinen Bleistift liegt ein zerknülltes Stückchen Papier. Peti faltet es auf und hält es Fritzi hin, die vorliest: »*Schau in den Garten, ich kann es kaum erwarten.*«

»Der Reim könnte von mir sein«, gluckst Chiara und kämmt Petis kinnlange Haare durch.

»Und, hast du in den Garten gesehen?«, fragt Fritzi.

»Moment, darf ich mal kurz unterbrechen? Peti, ich dachte, ich schneide deinen Bob nach und färbe dir die Spitzen in

Regenbogenfarben, ich glaub, das kommt megagut zu deinem blonden Haupthaar.«

Peti nickt. »Aber keine Stufen, ja? Das steht mir nicht.«

»Jetzt erzähl doch mal weiter«, fordert Fritzi.

»Auf unserem Rasen lag ein riesiges Herz aus gelben Sonnenblumen.«

»Ach du Schande!«

»Was heißt denn hier, ach du Schande, das ist doch toll! Ich wünschte, mir hätte jemand ein Blumenherz gelegt!«

Fritzi und Peti werfen Chiara entsetzte Blicke zu.

»Wisst ihr, wie teuer die sind?! Das ist doch ein Hammergeschenk.« Chiara schneidet konzentriert Petis Bob nach. Eine kerzengerade Linie auf Höhe ihres Kinns.

»Stand was dabei? Auf 'ner Karte oder so?«, will Fritzi wissen.

Peti schüttelt den Kopf. »Ich bin nicht näher rangegangen. Ich dachte, Bo und Yessin lauern irgendwo im Gebüsch und schütten mir Schleim über den Kopf oder machen sonst was, wenn ich das Herz angucken gehe ... Nee danke, den Gefallen tue ich ihnen nicht!«

»Und wie kommst du darauf, dass wir da etwas mit zu tun haben könnten?«, horcht Fritzi vorsichtig nach.

Peti zuckt mit den Schultern. »Gestern hat doch in der Schule kaum noch jemand über mich gesprochen. Torben hat klar gemacht, dass er nicht schwul ist, und ich bin und bleibe die verrückte Streberkrähe. Wieso sollte mich jetzt noch jemand ärgern, wenn er nicht weiß, dass ich ...«, ihre

Stimme bricht. Sie schluckt, versucht sich zusammenzureißen und fährt mit zittriger Stimme und Tränen in den Augen fort: »… dass ich fast umkomme vor lauter Liebeskummer.« Ihre Willensstärke lässt nach und es ist, als ob ein Damm bricht. Die Tränen strömen nur so über Petis Gesicht.

Chiara und Fritzi stürmen gleichzeitig auf sie zu und schließen sie in die Arme.

»Du bist keine Streberkrähe!«, versichert ihr Fritzi. »Und wenn dieser Arsch von Torben nicht weiß, was ihm da für ein Spitzenmädchen durch die Lappen geht, ist das sein Pech! So einen Trottel brauchst du nicht!«

Chiara reicht Peti ein Taschentuch. Sie schnäuzt sich lautstark.

»Ihr beiden habt also niemandem gesagt, dass ich gerade so …« Sie sucht nach der richtigen Beschreibung für ihren Zustand, findet aber keine.

Chiara springt ein: »Dass du so verletzlich bist?«

»Würden wir nie tun«, erklärt Fritzi.

»Wir würden dir eher eine ordentliche Rüstung besorgen!«, sagt Chiara in dramatischem Ton, während sie beginnt, die Farbe auf Petis Haarspitzen aufzutragen.

»Dann macht das alles noch viel weniger Sinn! Heute Morgen lag nämlich noch ein Herz aus Blumen da.«

»An der gleichen Stelle?«

»Dieses Mal vor der Haustür.«

»Wieder Sonnenblumen?«

Peti schüttelt den Kopf. »Rosen.«

»Was hast du damit gemacht?«

»Mein Vater hat sie vor mir entdeckt. Er hat alles auf Spuren untersucht und einen Fußabdruck gefunden.« Peti knetet das Taschentuch zwischen den Händen. »Er hat mich tausendmal gefragt, ob ich einen Freund habe oder zumindest eine Idee, von wem das kommt. Weil ich Nein gesagt habe, glaubt er jetzt, ich hätte einen Stalker. Er hat den Fußabdruck mit Gipsmasse ausgegossen ...«

»Gipsmasse?«, unterbricht Chiara sie ungläubig.

Peti nickt und fährt fort: »Unzählige Fotos vom Tatort hat er auch gemacht.«

»Auweia!«

»Ihr hättet meinen Vater mal sehen sollen«, erzählt Peti. »Danach hat er mich noch mal eine ganze Stunde verhört und wollte mich erst rauslassen, als Jannik sich bereit erklärt hat, mich zu begleiten.«

Fritzi muss an ihren Traum denken und ihr wird ganz mulmig zumute. Ob sie ihren Freundinnen davon erzählen sollte, dass sie Petis Bruder im Traum geküsst hat? Besser nicht, sonst dichten die beiden ihr noch eine Verliebtheit an. Und wenn sie eines nicht ist und hoffentlich niemals sein wird, dann verliebt!

»Fritzi, es gibt da noch was, worüber wir reden müssen«, unterbricht Chiara ihre Gedanken.

Fritzi fühlt sich unweigerlich ertappt. »Was reden? Das klingt ja ernst.« Sie versucht, ihre plötzliche Nervosität mit einem hektischen Lachen zu überspielen. »Also wenn ihr übers Küssen sprechen wollt, könnt ihr mich echt total vergessen! Ich bin 'ne Null, 'ne Niete, total unerfahren! Ich hab ja noch nicht mal im Traum geknutscht.«

»Was ist mit dem einen Mal bei mir auf dem Teppich?«

»Wie, was, Teppich? Was war auf deinem Teppich?«

Peti sieht Fritzi herausfordernd an.

»Ach das ...« Ein Hauch Rosa huscht über ihre Wangen. »Einmal davon geträumt. Okay, aber das war ja nix.«

»Du hast auf Petis Teppich vom Knutschen geträumt?!«, fragt Chiara und bemüht sich sichtlich, nicht eingeschnappt zu sein, weil sie diese bahnbrechenden Neuigkeiten verpasst hat.

Fritzi zuckt ergeben mit den Schultern. »Ich kann doch nichts dafür, was ich träume, aber Wirklichkeit werden muss das ja nicht, finde ich!«

Chiara wirkt nun doch etwas enttäuscht.

»Also du hast gar nichts verpasst, meine ich damit.«

»Wen hast du denn im Traum geküsst?«, fragt Chiara.

»Das will sie uns nicht sagen!«, verrät Peti.

»Äh ... wolltest du mir nicht gerade was sagen?«, versucht Fritzi, unauffällig das Thema zu wechseln.

»Ja, Lou hat Jannik zu ihrer Party eingeladen.«

Fritzi stockt der Atem. Weiß Peti etwa doch, dass sie ihn im Traum geküsst hat? Warum sonst würde sie ihr das jetzt erzählen und es obendrein noch so groß ankündigen? Ihrer Zweifel zum Trotz entscheidet sich Fritzi, immer noch die Ahnungslose zu spielen. »Und weiter?«

»Und mich hat sie auch eingeladen ...«, fügt Peti kleinlaut hinzu.

»Oh«, ist alles, was Fritzi dazu rausbekommt.

Chiara löst die Alufolie aus Petis Haaren und schiebt sie wieder hinüber zum Waschbecken.

Für einen Moment hört man nur das Rauschen des Wasserhahns. Peti versucht, einen Blick auf Fritzis Gesicht zu erhaschen, während Chiara ihr die Haare auswäscht. Als sie fertig ist, schlägt sie Petis Haare in ein Handtuch.

»Komm mit zum Spiegel.« Chiara zieht ihren Scherenwagen heran. »Mich hat sie auch eingeladen«, gibt sie dann etwas beschämt zu. »Ich wusste nicht, wie ich es dir sagen soll, und dann dachte ich, was solls, ich gehe ja sowieso nicht hin.«

Fritzi gelingt es nicht, die beiden direkt anzuschauen. »Geht ruhig hin, wenn ihr wollt, mir egal.«

»Ist alles klar bei dir?«

»Logisch, was soll denn sein?« Fritzis Stimme klingt viel pampiger, als sie sollte. Dabei können ihre Freundinnen gar nichts dafür, dass Lou sie eingeladen hat. Und trotzdem fühlt sie sich ein kleines bisschen betrogen. Je länger sie in sich hineinspürt, umso deutlicher merkt sie aber auch, dass es sie einfach immer noch traurig macht, dass ihre Freundschaft mit Lou so ein mieses Ende genommen hat.

Während Fritzi ihren Gedanken nachhängt, werfen sich Peti und Chiara einen besorgten Blick zu.

»Ich hab gedacht, wir lassen Lous Party sausen und übernachten stattdessen im Chaosquartier«, schlägt Chiara vor.

»Au ja, super Idee!«, stimmt Peti zu und klingt so begeistert, als wäre ihr Liebeskummer verflogen. »Dann muss ich mich auch nicht mit Torben rumschlagen.«

»Und ich finde die große Liebe auf Lous Party bestimmt eh nicht!«

Langsam beruhigt Fritzi sich und die Wut auf Lou und die Situation weicht einem Gefühl von resignierter Enttäuschung. »Ihr müsst die Party nicht wegen mir sausen lassen. Ich komm klar, echt! Ich … ich mach einfach Pyjamaparty mit Marlene.«

Chiara schmunzelt. »Die würde sich bestimmt freuen, aber …«

»Aber die ist auch eingeladen, wie ich Lou gerade einschätze?«

Alle drei müssen plötzlich lachen und Fritzi fühlt sich mit einem Mal etwas leichter. »Das Gute ist, wenn Marlene zu der Party geht – was Mama und Papa ohne mich eh nicht erlauben würden – dann höchstens, um sie zu sabotieren. Die mischt Zahnpasta in die Bowle und wirft mit Stinkbomben um sich, anstatt mit Lou wieder auf Stiefschwester zu machen.«

»Würd ich ja eigentlich gerne sehen!« Peti grinst.

»Siehst du, ich sag doch: Geht zur Party!«

»Nein, Fritzi, wir bleiben bei dir! Basta, keine Widerrede. Freu dich gefälligst!«, entscheidet Chiara rigoros und fuchtelt dabei so wild mit ihrer Friseurschere, dass niemand mehr etwas zu erwidern hat. Dann schnippelt sie noch ein wenig Petis Ponyfransen nach.

Fritzi schaut ihnen zu und lächelt endlich. »Ihr beiden seid einfach die Besten, wisst ihr das?«

»Ein Glück hast du das jetzt auch endlich gecheckt!«, sagt Chiara glücklich und schmeißt den Fön an. Petis Haare trocknen schnell und das Ergebnis kann sich sehen lassen! Peti trägt nun einen hellblonden Bubi-Cut und regenbogenfarbene Haarspitzen, das hat sonst keiner.

ÜBERRASCHUNGSGAST

Fritzi zieht ein T-Shirt mit einem Skateboard vor einem Regenbogen darauf aus dem Schrank, doch außer dem Motiv verzieren nun auch noch Schokoflecken den Saum. Schokoflecken?!

»MAR-LE-NE!!«, ruft sie so laut, dass es jeder Gast der Grünen Gans hören muss.

Ihre Schwester streckt unschuldig den Kopf zur Tür herein. »Mylady?«

Fritzi ist nicht zu Scherzen aufgelegt. »Selber Lord, willst du mir was beichten?«

»Nö, wieso?«

Sie hält ihr das Shirt vor die Nase.

»Für mich?«

»Guck genau hin. Was, glaubst du, ist das?«

»Puh, keine Ahnung, Blutflecken von deinem letzten Sturz?«

»Ich würde sagen, Schokoflecken von deiner letzten Modenschau?!«

Ihre Schwester lächelt entschuldigend. »Gut möglich, aber ich habs echt nur mal kurz anprobiert«, versucht sie sich rauszureden. »Ganz, ganz kurz!«

»Und dabei hast du Schokolade gegessen?«

Marlene zuckt gespielt unschuldig mit den Schultern. »Hätte ich gewusst, dass du es heute anziehen willst, dann ...«, sie überlegt.

»Boah, Lene, du hättest wenigstens sagen können, dass du es schmutzig gemacht hast! Oder von mir aus in die Wäsche tun, aber einfach so zurücklegen?!«

»Ich wollte halt nicht, dass du sauer bist.«

»Jetzt bin ich erst richtig sauer!«

Ulla streckt den Kopf zur Tür rein. »Streitet ihr?!«

»Marlene hat mein Shirt anprobiert, ohne zu fragen, und es schmutzig wieder zurück in den Schrank gelegt.«

»Lene!« Ulla sieht sie mahnend an. »Das würdest du auch nicht mögen.«

»Bei mir müsste Fritzi das ja auch gar nicht machen, weil ich sogar meine Unterhosen mit ihr teilen würde.«

»Ich will deine Unterhosen aber nicht.«

»Du dürftest sie aber, weil du meine Schwester bist.«

»Ich würde dir meine Sachen ja gerne geben, ich will einfach nur, dass du fragst, bevor du dir was nimmst.«

»Weil du mir nicht alles geben willst!«

»Ja, aber nur, weil du mir meine Sachen immer schmutzig oder kaputt zurückgibst!«

»Nicht immer.«

»Aber fast immer und das reicht zum Nein sagen.«

»Du sagst immer Nein!«

»Erstens stimmt das nicht und zweitens ist das ja wohl auch mein gutes Recht. Oder, Mama?«

»Marlene, das geht so wirklich nicht.«

Fritzi wendet sich ihrem Schrank zu und ist bereit, die Sache auf sich beruhen zu lassen. »Schwamm drüber, von mir aus.«

»Super«, freut sich Ulla.

Fritzi zieht ein anderes Oberteil aus dem Schrank und explodiert. »Mann, Lene!« Das T-Shirt ist ebenso verdreckt wie das zuvor und genauso sieht das nächste und übernächste aus.

Marlene guckt sie mit ihrem schönsten Hundeblick an. »Beste Schwester-Freundinnen verzeihen einander, oder?«

»Beste Schwester-Freundinnen können sich aber auch vertrauen.«

»Du vertraust mir nicht?«, fragt Marlene entrüstet.

»Wie denn auch?«

»Ich kann doch nichts dafür, dass deine Sachen so empfindlich sind.«

»Du könntest einfach vorsichtiger damit umgehen.«

»Mehr als anziehen tue ich sie ja auch nicht. Was kann ich dafür, wenn sie das nicht aushalten?! Sind doch Klamotten zum Tragen und nicht zum Streicheln, oder?«

»Wenn du sie bloß anziehen würdest, würden die Sachen nicht kaputtgehen!«

Ulla lässt entnervt Luft durch die Lippen entweichen. »Mädels, ihr müsst da einen Weg finden, der für euch beide funktioniert. Vielleicht leihst du Lene hin und wieder Sachen, die dir nicht ganz so wichtig sind, und du, Marlene, musst besser auf die Sachen deiner Schwester achtgeben.«

»Entschuldige, Fritzi.«

Fritzi schnaubt, dann lächelt sie. »Okay.«

Ulla nickt und geht aus dem Zimmer. Kurz darauf klingelt es an der Haustür. »Fritzi, gehst du bitte?«

Sie öffnet die Haustür und guckt geradewegs in das Gesicht von Torben. Ihr klappt der Mund auf.

»Hi«, sagt er absolut untorbenmäßig. Ein Hauch Rosa huscht über seine Wangen.

»Hi«, antwortet Fritzi.

Ohne Yessin und Bo, so außerhalb der Schule, wirkt er plötzlich eher zurückhaltend, beinahe schüchtern.

»Hast du dich in der Tür geirrt?«

Er schüttelt den Kopf. »Kann ich reinkommen?«

Fritzi muss die Frage in ihren Gedanken wiederholen, um sie zu begreifen. Was will Torben von ihr? Sie nickt und lässt ihn eintreten.

»Was willst du denn?«, fragt sie, immer noch völlig überrumpelt von diesem Überraschungsbesuch.

Torben räuspert sich. »Ich wollte dich was fragen.«

Die Situation ist so unangenehm, dass Fritzi nur hofft, dass jetzt weder einer ihrer Gäste noch Marlene oder ihre Eltern auftauchen.

»Komm, wir gehen in mein Zimmer«, sagt sie, ohne es wirklich zu wollen. Er nickt und folgt ihr.

An der Schwingtür zwischen Grüner Gans und Wohnteil des Hauses kommt ihnen Sandrine entgegen. »So spät noch Besuch, Fritzi? Ist das dein Freund?«, flötet sie begeistert. »Bonjour, wie heißt du denn?«

»Ähm, ich bin Tor...«

»Das ist nur ein Mitschüler«, unterbricht Fritzi ihn prompt. »Wir sind nicht befreundet.«

Sandrine lächelt vielsagend. »Ahhh oui. Isch verstehe.«

Ohne ein weiteres Wort, packt Fritzi Torben am Arm und zieht ihn mit sich. Insgeheim ärgert sie sich über Sandrine. Wenn sie sagt, dass er nicht ihr Freund ist, dann ist das auch so. Sie weiß ja nicht einmal, was der von ihr will. Als sie fast schon in ihrem Zimmer sind, beschleicht sie ein schockierender Gedanke. NEIN! BITTE, BITTE NICHT!

Dass er eine andere mag, hat Chiara doch berichtet, und jetzt steht Torben hier bei ihr auf der Matte und will sie etwas fragen ... Ach du Schande! Hoffentlich ist sie selbst nicht diese andere. Wenn Torben sich tatsächlich in sie verguckt hätte, wäre das wie ein Todesurteil für die Chaosköniginnen. So was übersteht eine frische Freundschaft nicht. Wenn er sie anschmachtet, wird Peti das nicht verkraften.

»Also, was gibts?«, fragt Fritzi und versucht, ihre Horrorgedanken zu verdrängen.

»Du bist doch mit Peti befreundet, oder?«

Fritzi nickt.

»Kannst du ihr sagen, dass ich nicht ...« Seine Stimme erstirbt. Er sieht zu Boden, dann aus dem Fenster.

»Dass du nicht – was?!«

»Dass ich nicht schwul bin«, erklärt er leise und wirkt peinlich berührt.

»Nach deiner Turnhallenaktion weiß das doch längst die ganze Schule! Muss ich ihr nicht sagen.«

Torben nickt, wirkt aber irgendwie unzufrieden. »Ich meine, ich will, dass sie wirklich weiß, dass ich auf Mädchen stehe …«

»Das weiß sie!«

»Auf Mädchen wie sie«, fügt er kleinlaut hinzu.

»Auf Mädchen wie sie?«, hakt Fritzi nach. »Du meinst, du stehst auf sie?«

Torben macht eine undefinierbare Kopfbewegung.

Fritzi lüpft auffordernd eine Braue.

Torben errötet.

So hat Fritzi ihn noch nie erlebt.

»Ich bin in Peti verliebt, schon seit Längerem, aber irgendwie …« Sein Gesicht hat nun den Rotton einer Kirsche angenommen.

Damit hat Fritzi nun wirklich nicht gerechnet. »Irgendwie?«, fragt sie überrascht.

»Alles, was ich versuche, um an sie heranzukommen, geht total nach hinten los.« Er knetet nervös seine Hände. »Und jetzt weiß ich einfach nicht mehr weiter.« Torben wirkt ehrlich verzweifelt. Womöglich fängt er jeden Augenblick an zu weinen. Fritzi tätschelt ihm vorsorglich die Schulter. »Das hört sich echt verzwickt an.«

Er nickt, verkneift sich zu Fritzi Erleichterung aber jede Träne. »Ich dachte, du könntest mir vielleicht einen Tipp geben.«

»Ich?«

Er nickt erneut.

Fritzi zuckt mit den Schultern. »Ich hab zwar keine Ahnung von solchen Sachen, aber klar, wenn du möchtest.«

»Echt?« Torben sieht sie hoffnungsvoll an. »Also, was soll ich jetzt machen?«

»Ach so, so einen allumfassenden Tipp. Uff.«

»Ich hab gesehen, wie ihr Vater meine Blumenherzen mit dem Schneeschieber weggemacht hat«, sagt er enttäuscht.

»Die waren von dir?«

»Du weißt davon?«

Fritzi nickt.

»Hat es Peti gefallen?«

»Mittel. Um ehrlich zu sein, denkt sie, jemand will sie austricksen.«

»Oh, warum?«

»Na, das müsstest du eigentlich wissen, oder? Ich glaub, du musst dich ganz dringend bei ihr entschuldigen.«

Torben nickt eifrig.

»Vor der ganzen Klasse, vor allen!«

Er nickt noch eifriger.

»Und dann musst du ihr deine Gefühle gestehen.«

»Auch vor allen?«

Fritzi überlegt und schüttelt dann den Kopf. Sie selbst würde diesen Moment lieber ganz für sich allein haben.

Mal ganz abgesehen davon, dass sie so einen Moment ja gar nicht haben wollen würde. Schließlich steht sie zu dem, was sie gesagt hat: Die Liebe ist nichts für sie.

»Kannst du es ihr nicht für mich sagen?«

»Spinnst du?! Das machst du schön selber.«

Torben atmet schwer.

Fritzi verschränkt die Arme vor der Brust. »Mehr kann ich nicht für dich tun.«

»Kein Ding.« Torben zögert, dann spricht er weiter: »Du, Fritzi?«

»Ja?«

»Du meinst, sie hört mir einfach so zu?«

»Ich bin sicher, du findest einen Weg.«

Am nächsten Morgen kommt Fritzi mit gemischten Gefühlen auf dem Schulhof an. Hätte sie Peti vorwarnen müssen? Nein. Besser nicht, sonst wäre es ja keine Überraschung mehr. Aber wenn jetzt irgendwas schiefgeht, auf dass Peti sich hätte vorbereiten können, dann wäre es das Fieseste auf der Welt, die eigene Freundin so ins offene Messer rennen zu lassen. Oder? Warum sind richtig und falsch eigentlich manchmal so schwer zu unterscheiden?!

»Guten Morgen, Fräulein Winter.« Herr Mollenhauer schließt zu ihr auf.

»Morgen, Herr Mollenhauer.«

»Wie ich von Frau Doktor Fleck höre, ziehen Sie in Erwägung, der lateinischen Sprache den Rücken zu kehren?«

»Ähm ... nun ja, ich ...«

»Lassen Sie mich hierzu nur eine Sache sagen.« Er bleibt vor der Tür des Klassenzimmers stehen und wendet sich ihr zu: »Latein oder Französisch macht für Ihren Lebensweg, wenn man ehrlich ist, keinen Unterschied. Aber Sie nicht mehr in meinem Klassenverband zu haben, wäre ein herber Verlust, Fräulein Winter. Wenngleich es zu der ein oder anderen Auseinandersetzung führt, so schätze ich Ihre mutige, aufgeschlossene und stets nach Gerechtigkeit suchende Persönlichkeit sehr.«

Fritzi klappt der Mund auf.

Herr Mollenhauer klopft ihr auf die Schulter. »Bleiben Sie bei uns, wir finden schon ein Auskommen, Sie und ich.«

Damit dreht er sich zur Tür um und ermahnt die restliche Klasse zur sofortigen Ruhe. Fritzi braucht einen Moment, um zu begreifen, was da gerade passiert ist. Dann betritt auch sie das Klassenzimmer.

»Tür zu, Winter«, fordert Herr Mollenhauer sie mit der üblichen Strenge auf. Fritzi folgt seiner Anweisung. Er öffnet das Klassenbuch und Torbens Hand schnellt in die Höhe. Kleine Schweißperlen stehen ihm auf Stirn und Oberlippe.

»Rechberger, gehts Ihnen nicht gut? Sie sehen blass aus.«

Alle wenden sich Torben zu.

»Ich ... ähm, ich habe etwas zu sagen.« Sein Gesicht wird rot, vielleicht sogar noch etwas röter als gestern.

Herr Mollenhauer bittet Torben mit einer einladenden Geste zur Tafel. »In scaena tuum est, die Bühne gehört Ihnen.«

Torben tritt vor die Klasse.

»Ich werd verrückt«, murmelt Fritzi. »Er tut es, er tut es tatsächlich.«

»Tut was?«, fragt Chiara.

Fritzi nickt zu Torben hinüber.

»Ich bin spät dran«, sagt Torben und späht auf einen kleinen Zettel in seiner Hand. »Ich glaube, ich war schwer von Begriff, also nicht der Schnellste, stand auf dem Schlauch und habs nicht gecheckt.«

Peti flüstert Fritzi zu: »Was soll das denn? Was macht der da?« Auch andere Klassenkameraden fangen an zu flüstern.

»Jetzt seid doch mal ruhig«, fährt Fritzi sie an. Zu ihrer Verblüffung ist es kurz darauf mucksmäuschenstill.

Torben schickt ein kaum merkliches, dankbares Lächeln in ihre Richtung und spricht weiter: »Was ich sagen will, Leute, ist, ich weiß es jetzt. Besser spät als nie, hoffentlich ist es noch nicht zu spät.«

Keiner versteht auch nur ein Wort von dem, was Torben da versucht zu sagen.

»Kommen Sie auf den Punkt, Rechberger«, raunt Herr Mollenhauer ungeduldig.

Torben nickt. »Petruschka Selina Nowak.«

Peti blickt total geschockt auf. Furcht steht ihr ins Gesicht geschrieben. Fritzi wird von ihrem schlechten Gewissen übermannt. Das ist der Moment, den sie ihrer Freundin hätte ersparen können. Peti schüttelt Unheil erwartend den Kopf. Da beginnt Torben zu rappen:

»Ich mach nur Kack,
Petruschka Nowak!
Hey, ich weiß, ich mach nur Schmu,
dabei ist dein Name so besonders wie du!
Es tut mir leid,
hey, ich mag dein Kleid.
Ich war nicht fair zu dir,
das war so dumm von mir!
So viele Witze auf deine Wände,
das alles hat jetzt ein Ende.
Ab jetzt ist Frieden,
wirst du mich vielleicht irgendwann zurücklieben?«

Peti blickt Torben verwirrt an. Seine letzten Worte hallen in jedem Kopf der Klasse nach. Und dann bricht tosender Applaus aus.

Peti dreht sich zu Fritzi und Chiara um, sie ist kreidebleich, sogar ein wenig grün um die Nase. Die beiden nicken ihr aufmunternd zu. Torbens kryptischer Rap ist zu Ende, er setzt sich mit leuchtend rotem Kopf wieder auf seinen Platz. Peti guckt ihm hinterher, als hätte er in einer fremden Sprache gesprochen, von deren Existenz sie nicht einmal wusste.

»Was auch immer das war, Herr Rechberger, das war wunderbar. Aber jetzt zu Gleichungen mit zwei Unbekannten. Wer rechnet die Hausaufgaben an der Tafel vor?«

Fritzi räuspert sich.

»Winter?«

»Ich will ja nichts sagen, aber wir haben jetzt Latein und nicht Mathe.«

»Ach wirklich?«, fragt Herr Mollenhauer milde überrascht.

Fritzi grinst. »Heute ist Donnerstag.«

»Wie recht Sie haben, Fräulein Winter! Wie recht Sie haben.«

Die ganze Lateinstunde über gibt Peti keinen Mucks von sich. Fritzi beobachtet sie unentwegt und voller Sorge, aber sie rührt sich nicht. Torben hingegen überschüttet Fritzi geradezu mit Zettelchen. *Was jetzt?*, *War das gut?*, *Was soll ich nun machen?*, steht darauf.

Chiara späht auf die ankommenden Nachrichten. »Steckst du mit dem unter einer Decke?«

Fritzi schüttelt den Kopf. »So würde ich das nicht sagen!«

Herr Mollenhauer wirft ihnen mahnende Blicke zu und Fritzi verstummt. *Erzähl ich dir in der Fünfminutenpause*, schreibt sie schnell auf ein Papier und schiebt es Chiara hin.

Kaum ertönt der Gong, bricht wildes Rumoren los. Alle Schüler unterhalten sich.

Fritzi tippt Peti von hinten an. »Hey, ist alles klar?«

Doch ehe Peti antworten kann, taucht Torben neben ihrem Tisch auf. »Können wir kurz reden?«

»Okay«, flüstert Peti kaum hörbar und folgt ihm zum Fenster.

Chiara und Fritzi beobachten das Geschehen von ihrem Tisch aus und spitzen die Ohren.

»Ich würde zu gern wissen, was er sagt.« Chiara rutscht unruhig auf ihrem Stuhl hin und her.

»Oh, glaub mir, ich auch. Aber ich denke, es ist nicht das Schlechteste.«

»Woher willst du das wissen?«

»Guck doch ihr Gesicht an.«

Und tatsächlich. Peti strahlt bis über beide Ohren.

Doch bis die beiden Chaosköniginnen erfahren, was Torben genau gesagt hat, müssen sie noch eine weitere Mathestunde über sich ergehen lassen. Denn Torben kehrt erst zu seinem Platz zurück, als Herr Mollenhauer ihn dazu auffordert.

Kaum sind sie in der großen Pause auf dem Hof angelangt, hält Chiara es kaum noch aus. »Also, Peti, was hat Torben gesagt?!«

Peti schmunzelt.

Chiara wendet sich beinahe empört an Fritzi: »Willst du es nicht auch wissen?«

»Ich glaub, ich weiß es schon«, murmelt Fritzi.

»Warum erfahre ich eigentlich immer alles als Letzte?!«

Peti räuspert sich. »Er hat gesagt, dass er mich mag, und gefragt, ob ich mit ihm gehen will.«

»NEE?!« Chiara ist völlig aus dem Häuschen.

»Doch.«

»Nee?!«

»Doch!«

»Wahnsinn«, haucht Chiara völlig überrascht. »Das hab ich echt nicht kommen sehen!«

»Und was hast du geantwortet?«, fragt Fritzi neugierig.

Peti lächelt verschmitzt. »Ich hab gesagt, vielleicht.«

»Vielleicht? Sonst nichts?«

»Nö.« Sie lächelt erhaben. »Wenn er es wirklich ernst meint, dann wird er es aushalten zu warten, nach all dem Mist, den er verzapft hat.«

Chiara kreischt vor Freude: »Genial! Peti, das ist genial!«

»Aber eigentlich weißt du schon, was du sagen wirst, oder?«, will Fritzi wissen.

Peti nickt.

Fritzi fällt ihr um den Hals. »Ich freu mich so für dich!« Dann tritt sie nervös von einem Bein auf das andere.

Peti sieht sie prüfend an. »Musst du aufs Klo?«

Fritzi nickt heftig.

Peti lacht. »Warum sagst du denn nichts?«

»Ich war so neugierig.«

»Na jetzt weißt du es ja.«

»Okay, ich bin gleich zurück.«

Sie spurtet los in die Mädchentoilette. Zum Glück ist alles frei. Als sie aus der Kabine kommt, steht Lou vor ihr.

Fritzi versucht, sie zu ignorieren, und wäscht sich die Hände.

Lou beobachtet sie über den Spiegel.

»Hi!«, sagt sie so laut und deutlich als hätte es sie einige Überwindung gekostet.

Fritzi schaut sie direkt an und lüpft die Brauen. »Meinst du mich?!«

Lou nickt und lächelt unsicher. Dabei blitzt etwas auf ihrem Zahn auf.

»Schickes Steinchen«, sagt Fritz ironischer als geplant.

»Danke. Vorträgliches Geschenk von Emma und den Mädels.«

»Aha.«

»Ich feiere am Wochenende Geburtstag, wie du vielleicht mitbekommen hast, und ähm ... ich glaube, ich hab noch nie einen Geburtstag ohne dich gefeiert.«

»Und das fällt dir zwei Tage vor deiner Party ein?«

»Ich denk da schon länger drüber nach, aber na ja ...« Lou weicht Fritzis Blick aus. »Jedenfalls würde ich mich freuen, wenn du kommst.«

»Aha.«

»Überlegst du es dir? Ich würde mich wirklich freuen.«

»Von mir aus«, gibt Fritzi zurück.

Lou nickt zufrieden und lässt sie allein in der Mädchentoilette zurück. Was zum Teufel sollte das denn jetzt? Sie hatte sich gerade damit abgefunden, dass sie keine besten Freundinnen mehr sind und vor allem damit, dass sie nun gar keine Freundinnen mehr sind, und prompt kommt Lou doch wieder an? Das soll mal einer verstehen ... Als sie hinaus auf den Hof tritt, beschließt sie, die Begegnung einfach zu ignorieren. Nur weil Lou hopp sagt, muss sie noch lange nicht springen! Oder?

DAS BESTE GEFÜHL DER WELT

Am Nachmittag legt Fritzi ihre Longboard-Montur an. Helm, Arm- und Beinschoner und die Handschuhe mit Stahlbesatz.

»Marlene, wenn du wirklich mitwillst, musst du dich langsam mal fertig machen.« Die Zimmertür öffnet sich, aber es ist nicht Marlene. In der Tür steht Lou.

»Du schon wieder?« Fritzi ist ehrlich überrascht und obendrein nicht sonderlich erfreut. Ohne zu fragen, setzt Lou sich auf Marlenes Bett.

»Hi«, sie lächelt ein verlegenes Lou-Lächeln. »Ich wollte fragen, ob du mit mir zur Baracke fährst.«

»Ich? Mit dir? Mit dem Longboard?«

Lou nickt.

»Bisschen kindisch, den Nachmittag mit so was zu verbringen, meinst du nicht?«

Lou beißt sich reumütig auf die Lippe. »Ich hab mir mein Longboard zurückgeholt.«

»Ach ja?«

Lou zuckt mit den Schultern. »Habs irgendwie vermisst.«

»Aha. Und hat Emma jetzt auch eins?«

Lou schüttelt den Kopf. »Die ist shoppen, glaub ich.«

»Wen wunderts«, antwortet Fritzi trocken und bringt Lou damit zum Lachen.

»Aber echt! Du glaubst gar nicht, wie viel die shoppen geht!«

»Um ehrlich zu sein, Lou, mich interessiert nicht, was Emma macht oder nicht macht. Bleib von mir aus hier sitzen, oder tu was du willst.« Sie macht Anstalten zu gehen.

»Kann ich mit dir mit?«

Fritzi zuckt mit den Schultern. »Das ist ein freies Land.«

Sie gehen schweigend nebeneinander her durch die Grüne Gans und treten hinaus auf die Straße. Sie laufen über den Marktplatz bis zur Kreuzung. Fritzi schließt den Clip ihres Helms und Lou tut es ihr gleich. Ein letzter Blickwechsel, dann stoßen sich beide ab. Der Fahrtwind peitscht ihnen die Haare aus dem Gesicht. Das erste Stück ist so steil, dass sie schnell Fahrt aufnehmen.

Fritzi geht tief in die Knie und fährt einen kleinen Slalom. »Wu-huuu!« Sie genießt den Geschwindigkeitsrausch in vollen Zügen.

»Das ist das beste Gefühl der Welt!«, ruft Lou.

Fritzi legt sich in die Kurve und gleicht mit der Hand auf dem Asphalt ihre Balance aus. Funken sprühen und Adrenalin schießt durch ihren Körper.

»Das sind bestimmt fünfzig km/h!«, brüllt Lou begeistert und Fritzi ruft zurück: »Ich weiß!«

Dann wird die Straße immer flacher und die Mädchen kommen neben einer idyllischen Kuhweide zum Stehen.

»Wahnsinn, Fritzi, das war die krasseste Fahrt ever!«

»Ja, der Hammer!«

Sie setzten sich auf ihre Longboards und Lou zieht zwei Limonaden aus dem Rucksack. »Fritzi, es tut mir leid, dass ich dich hab hängen lassen.« Sie sucht Fritzis Blick. »Mit der Latein-Nummer. Das war echt mies von mir.«

»Warum hast du es denn gemacht?«

»Ich weiß es nicht. Aber ich würde es gerne wiedergutmachen.«

Fritzi schnaubt.

»Hast du dir schon überlegt, ob du zu meiner Party kommst?«

»Nee.«

»Nee, du kommst nicht, oder nee, du hast noch nicht überlegt?«

»Nee … ich komm nicht«, antwortet Fritzi zögerlich. »Und ich weiß auch nicht, ob das mit uns noch mal was wird. Ich meine – du hast mich einfach ausgetauscht!«

Lou nickt schuldbewusst. »Wenn es hilft, sage ich die Party für dich ab!«

Fritzi schüttelt den Kopf.

»Oder ich könnte vielleicht doch noch in die Lateinklasse wechseln? Dann wären wir wieder zusammen!«

»Warum jetzt? Woher der Sinneswandel? Hast du dich mit den Tussis zerstritten, oder was?«

Lou schüttelt den Kopf. »Eigentlich einfach nur wegen dir. Du fehlst mir, ehrlich.«

Die ehemaligen Freundinnen sehen sich an und Fritzi ist kurz davor, Lou zu sagen, dass sie ihr auch fehlt, fehlt wie die Hölle …

»Außerdem kann ich dich doch nicht mit Fetti-Vanzetti und dieser Streberkuh von Peti allein lassen!«

»Wie bitte?« Fritzi ist entsetzt, aber Lou fährt einfach fort: »Du Ärmste hältst es unter den ganzen Opfern bestimmt kaum aus ohne mich, oder? Lass uns einfach wieder beste Freundinnen sein, ja?«

Fritzi holt tief Luft und atmet durch. »Du denkst, du wärst unersetzbar, oder?«

Lou sieht Fritzi erstaunt an. »Wie meinst du das denn?«

»Weißt du, was ich glaube?«, fragt Fritzi, ohne wirklich eine Antwort von Lou zu erwarten. »Ich glaube, du hältst es mit Emma und diesen Eiscafé-Tussis ohne mich kaum aus und deswegen kommst du jetzt hier angekrochen.«

Lou öffnet den Mund, um etwas zu sagen, schließt ihn aber, ehe Worte ihren Weg hinausfinden.

»Nichts ist mehr wie vorher. Und nichts kann jemals mehr wie vorher sein, Lou.« Fritzi atmet durch. »Chiara und Peti sind mir in der kurzen Zeit bessere Freundinnen gewesen als du es jemals warst. Sie sind besser als beste Freunde. Du hast mich fallen lassen für … ja, für was eigentlich? Und ich Depp hab dir auch noch hinterhergetrauert. Weißt du, Lou, wir beide … das war mal. Viel Spaß bei deiner Party. Ich hab was Besseres vor.«

Und damit steht sie auf, schnappt sich ihr Longboard und geht. Sie lässt Lou einfach hinter sich. Es ist irgendwie traurig und befreiend zugleich.

Am nächsten Morgen führt Fritzis erster Weg nicht in Herrn Mollenhauers Klassenzimmer. Der gestrige Nachmittag und Lous plötzlicher Sinneswandel, nun doch wieder ihre Freundin sein zu wollen, hatte doch auch sein Gutes. Sie weiß jetzt nämlich ganz genau, was sie will und was nicht.

Fritzi stemmt die schwere Tür des Haupthauses auf und läuft zu Frau Doktor Flecks Büro. Die Tür ist offen. Die Direktorin steht in einem nachtblauen eng geschnittenen Kostüm neben ihrem Schreibtisch und telefoniert. Sie winkt Fritzi herein und bedeutet ihr, sich zu setzten.

»Guten Morgen, Fritzi, wie geht es dir?«, fragt sie und legt den Hörer beiseite.

»Gut! Danke.«

»Du willst mir sicher mitteilen, wie du dich entschieden hast?«

Fritzi nickt. »Ich bleibe in Latein.«

Frau Doktor Fleck sieht sie prüfend an. »Ein Wechsel später im Jahr wird nicht mehr möglich sein, wenn du es dir anders überlegen solltest. Das ist deine einzige Chance!«

Fritzi nickt. »Ich weiß, aber ich komme jetzt ganz gut klar mit Stinke-Molli und …«

Frau Doktor Fleck lüpft irritiert die Brauen.

»Äh ... ich meine natürlich Herrn Mollenhauer, entschuldigen Sie.« Fritzi errötet.

Frau Doktor Fleck schmunzelt, dann beugt sie sich über ihren Tisch vor und flüstert: »Lass ihn das nicht hören, aber ich weiß genau, was du meinst.« Sie kichert verschwörerisch und Fritzi stimmt verlegen mit ein.

»Fahr fort.«

»Das war es eigentlich schon. Ich glaube, ich bin richtig, da wo ich bin.«

»Na dann freue ich mich, Fritzi!«

Fritzi steht auf, aber bevor sie hinausgeht, dreht sie sich noch einmal um. »Frau Doktor Fleck?«

»Ja?« Sie schaut Fritzi über ihre Lesebrille hinweg an.

»Danke trotzdem.«

»Gerne! Hab schöne Ferien!« Frau Doktor Fleck lächelt und scheucht sie mit einer jähen Handbewegung hinaus.

In der letzten Stunde vor den Ferien kann sich kaum jemand mehr konzentrieren. Alle reden über Lous Party. Scheinbar ist inzwischen die halbe Schule eingeladen. Torben und Peti werfen sich andauernd verliebte Blicke quer durch das Klassenzimmer zu.

»Wenn Sie so weitermachen, Petruschka, kriegen Sie bald einen steifen Hals!«, warnt Herr Mollenhauer streng.

Die ganze Klasse verfällt in Gelächter und zum ersten Mal überhaupt lacht Herr Mollenhauer mit. Obwohl die Stunde noch nicht vorbei ist, klappt er kurzentschlossen die Tafel zu und klatscht in die Hände. »Also Leute, Schluss für heute. Carpe diem. Wir sehen uns in zwei Wochen.«

Alle springen auf und stürmen überrascht und freudig hinaus in die Ferien.

Und dann ist der Samstag da. Der Tag der Party. Chiara rollt eine große alte Blechtonne durch den Garten nach hinten zum Chaosquartier. Fritzi läuft neben ihr her und trägt einen Stapel Feuerholz im Arm.

»Glaubst du, er ist heute auch den ganzen Tag bei ihr gewesen?«

»Du meinst, Torben bei Peti?« Fritzi zuckt mit den Schultern. »Bestimmt, oder?«

»Und meinst du, die sind jetzt wild am Knutschen?«, überlegt Chiara laut.

»Mann, Chiara, kein Plan. Ich hab doch von so was keine Ahnung.«

»Wird langsam mal Zeit, findest du nicht?«

»Kei-ne Ah-nung!«

»Ja, aber das ist doch auch spannend! Interessiert dich das denn gar nicht?«

»Weiß nicht.«

»Vielleicht kommt Peti jetzt gar nicht zu unserer Übernachtungsparty, weil sie lieber mit Torben schmusen will.«

»Was?! Never!«

»Also, wenn ich frisch verliebt wäre und neu mit meinem Freund gehen würde, dann würde ich keine Sekunde mehr ohne ihn sein wollen.« Sie guckt verträumt in die Ferne. »Meinst du, ich werde meine große Liebe auch irgendwann finden?«

»Hoffentlich nicht heute, sonst stehe ich hier gleich alleine da und muss doch zu Lous beknackter Party gehen.«

»Wie jetzt? Hat die dich doch eingeladen?«

Fritzi nickt. »Sie war auch hier, Donnerstag nach der Schule. Wollte plötzlich mit mir Longboard fahren und mich als beste Freundin wiederhaben.«

»Oh, und was hast du gesagt?«

»Das ich mit ihr fertig bin.«

Chiara schluckt. »Wow. Und stimmt das?«

Fritzi zuckt mit den Schultern. »Ich glaub schon. Irgendwie. Was brauchen wir denn noch für heute Abend?«

»Ich weiß nicht, Peti hat die Liste.«

»Na toll. Siehst du, ich sag ja, dieser Liebeskram macht alles kompliziert.«

»Lass mal überlegen ... Schlafsäcke? Isomatten? Marshmallows? Feuerholz? Feuertonne? Streichhölzer? Taschenlampen?«

»Und Wasser, Limonade, Chips, Würstchen, Brötchen, Ketchup und Klopapier«, fügt Peti hinzu und lässt einen schweren Rucksack neben die Feuertonne plumpsen.

Chiara fällt ihr um den Hals. »Ich hatte solche Angst, dass du nicht kommst.«

»Hä? Wieso?«, fragt Peti und lässt sich von beiden Freundinnen begrüßen.

»Sie dachte, du willst lieber mit Torben knutschen«, verrät Fritzi.

Peti errötet. »Mit euch hier zu sein, ist mir wichtig!«

»Ich finde auch, es ist das beste Gefühl der Welt!«, stimmt Fritzi zu. »Und jetzt machen wir das Feuer an.«

Als wenig später die Flammen in der Tonne knistern und kleine Funken in die Dunkelheit hochfliegen, liegen die drei Chaosköniginnen nebeneinander im Gras und schauen in die Sterne.

»Peti?«

»Ja?«

»Küsst Torben gut?«

Peti kichert.

»Ich glaube, das heißt Ja«, übersetzt Fritzi.

»Zum Abschied hat er mein Gesicht vorhin in beide Hände genommen und wir haben unsere Lippen ganz sanft aufeinandergedrückt. Mein Bauch hat Saltos geschlagen, das könnt ihr euch nicht vorstellen. Mir kommt das alles immer noch vor wie ein Traum.«

»Das glaub ich«, schmachtet Chiara. »Ich hab mir überlegt, ich verliebe mich als nächstes in Yessin. Was denkt ihr? Ich finde den so süß.«

»Der ist winzig!«

»Ich bin auch nicht besonders groß!«

»Stimmt.«

»Und in wen verliebst du dich, Fritzi?«

»Och nee, muss ich?«

»Früher oder später!«, droht Chiara.

»Komm schon. Sonst muss ich dich an meinen Bruder verschachern.«

»Wie kommst du denn auf den?« Fritzi setzt sich empört auf. Peti kann doch nichts von ihrem Traum wissen, oder etwa doch?

»Keine Ahnung, er fragt dauernd nach dir.«

»Ach echt?«, antwortet Fritzi so beiläufig wie möglich und kann ihre Freude darüber kaum verbergen.

»Also, meinen Segen hättet ihr jedenfalls.«

»Meinen auch!«

»Ihr seid so doof, warum müssen sich denn immer alle verlieben?«

»Weil es so schön ist!«, ruft Chiara in den dunklen Nachthimmel.

»Ich bin jetzt erst mal verliebt in uns drei, ist das auch okay?«

»Völlig!«

Die drei kichern und kuscheln sich in ihre Schlafsäcke.

»Mal sehen, was die Sterne noch so für uns bereithalten.«

»Ich glaube, verdammt viel!«

»Ich freu mich drauf!«

»Ich mich auch!«

»Gute Nacht, Mädels!«

»Gute Nacht!«

✹ ✭ ✹

DANK

Ich danke der Akademie für Kindermedien, durch die ich zur Freiheit im Schreiben gefunden habe. Ich danke meiner Buchgruppe Martin, Linda, Kerstin und Theresia, insbesondere Julia und Charlotte, die mir dabei halfen, im Chaos meiner Protagonistinnen stets den Überblick zu behalten. Ich danke Maja für ihre feinen Linien. Ich danke Eva für ihren wohlwollend kritischen Blick und ihren empathischen Umgang mit meinen Figuren. Ich danke meiner Schwester Marie für meinen Blick auf Schwesternschaft und dafür, dass sie mir alle Schokoflecken auf ihren Klamotten verziehen hat.

Valentina Brüning wurde in Frankfurt am Main geboren. Sie studierte Produktion und Drehbuch an der Filmakademie Baden-Württemberg und arbeitet seither als Drehbuchautorin. 2020 feierte sie mit »Kakao & Fischbrötchen« ihr Kinderbuchdebüt.

Maja Bohn, in Rostock geboren, studierte nach einer abgebrochenen Tanzausbildung an der Kunsthochschule Berlin Weißensee Kommunikationsdesign. Seit dem Abschluss arbeitet sie als freie Illustratorin und Autorin für Kinder- und Schulbücher. Sie lebt mit ihrer Familie in Berlin.

Der Verlag behält sich die Verwertung der urheberrechtlich geschützten Inhalte dieses Werkes für Zwecke des Text- und Data-Minings nach § 44b UrhG ausdrücklich vor. Jegliche unbefugte Nutzung ist hiermit ausgeschlossen.

5. Auflage 2026
Copyright © 2021 Tulipan Verlag
in der Penguin Random House Verlagsgruppe GmbH
Neumarkter Straße 28, 81673 München
produktsicherheit@penguinrandomhouse.de
(Vorstehende Angaben sind zugleich
Pflichtinformationen nach GPSR.)
www.tulipan-verlag.de

Alle Rechte vorbehalten
Text: Valentina Brüning
Vermittelt durch die Agentur Charlotte Larat rights & audio Strasbourg
Entwickelt mit Unterstützung der Akademie für Kindermedien,
einer Initiative des Fördervereins Deutscher Kinderfilm e.V.
Mentorinnen: Charlotte Larat
und Theresia Dittrich
Umschlagmotiv: Maja Bohn
Lektorat und Redaktion: Eva Jaeschke
Druck: GGP Media GmbH, Pößneck
Printed in Germany
ISBN 978-3-86429-472-3

Penguin Random House Verlagsgruppe
FSC ® N 001967

Das Chaos geht weiter …

Band 2 • Größer als die große Liebe • ISBN 978-3-86429-473-0
Band 3 • Schlimmer als die schlimmste Blamage • ISBN 978-3-86429-562-1
Band 4 • Weiter als die weite Welt • ISBN 978-3-86429-583-6